北町の爺様 4

老いても現役

牧 秀彦

時代小説

二見時代小説文庫

北町の爺様4——老いても現役

目次

老いても現役

一

文化《ぶんか》九年（一八一二）の長月《ながつき》も半ばを過ぎた。

洋暦では十月の下旬。華のお江戸は秋の直中《ただなか》。

夏の名残の暑さも去って久しく、降り注ぐ日の光は穏やかそのもの。降り注ぐ陽光に肌を焼く程の強さはなく、ぽかぽかと心地よい。

爽《さわ》やかな秋晴れの空の下、十蔵《じゆうぞう》が編笠を脱いだのは一軒の商家の前。

表通りに面した間口は広く、蛇《じゃ》の目を染め抜いた暖簾《のれん》はまだ新しい。

「邪魔するぜぇ」

野太い声で訪《おとな》いを入れるなり、ずいと十蔵は暖簾を割った。

客足が途絶えたのを見計らってのことである。

「こ、これは八森《やもり》の旦那」

十蔵の顔を見るなり青ざめた番頭を即座に押し退け、直々に応対したのは、この店のあるじだ。

浅黒く日に焼けた五十男だが、今は緊張を隠せない。若い手代《てだい》が表戸を締める。

あるじに目配せをされた番頭が暖簾を片付け、若い手代《てだい》が表戸を締める。掛け取りなどで表を出歩く折が多い手代ばかりか番頭も、黒々と日焼けをした顔だった。

「しばらくだったなぁ、おい」

冷や汗しとどで動き回る奉公人たちに構うことなく、十蔵は伝法《でんぽう》な口調であるじに告げた。

「お前《めえ》んとこの売り子連中、あっちこっちで見かけるぜ。相も変わらずに商売《しょうべえ》繁盛で何よりだ」

「お、おかげさまで……」

「へっ、せいぜい今の内に稼いでおくがよかろうぜ」

愛想笑いで答えたあるじに、十蔵も笑顔で応じる。

白髪頭を小銀杏《こいちょう》に結い、黒く染めた黄八丈《きはちじょう》を着流しにしていた。

えらの張った四角い顔。どんぐり眼《まなこ》が放つ光は鋭く、白髪交じりの眉は太い。

寺社の門脇に立つ仁王像さながらの面構《つらがま》えをした十蔵は、体つきも厳《いか》めしい。齢《よわい》を重ねた身ながら筋骨たくましく、腕も足も未だ太いのが着衣越しに見て取れた。

編笠を提げた手は大きく、指が節くれ立っている。秩父《ちちぶ》の山里で生まれ育ち、少年の頃から岩登りで鍛え上げた証しである。

「で？　頼んどいたもんは用意できてんのかい」

「もちろんでございます」

立ったままで問いかけた十蔵に、あるじは間髪《かんはつ》を容《い》れずに答えた。

「和田《わだ》の旦那にご用立て致します分ともども、お申しつけをいただきましたその日の内にご用意させていただきました」

「まっさらじゃ具合が悪いのだぜ。できるだけ古びたやつじゃないと俺たちの役にゃ立たねぇからなぁ」

念を押す十蔵の腰には、刀と脇差。

いずれも黒鞘の、素っ気ない拵《こしら》えだ。

武士が常着《つねぎ》とする袴を穿かずにいても、二本差しならば士分と分かる。

しかし、今の十蔵は無頼《ぶらい》の浪人そのもの。

実は軽輩《けいはい》ながら将軍家の御直参であり、御家人の端くれなのだと明かしたところで信じてもらうのは至難であろう。

「ご心配には及びません。左様に心得、手を加えてございますので……」

「そんなら御《おん》の字だ。結構、結構」

あるじの答えに、気を良くして十蔵は口許を綻ばせる。

先程までとは違って凄みの抜けた、厳めしくも人懐っこい笑顔である。

しかし、対するあるじは気が抜けない。

十蔵には頼もしい——このあるじの如く弱みを握られた身にとっては、甚《はなは》だ手強《てごわ》い相方が居るからだ。

「ご免」

表戸越しに訪いを入れる声は、穏やかな響きであった。

「おっ、噂をすれば影ってやつだな」

つぶやく十蔵をよそに、番頭と手代が戸口に駆け寄る。

二人して表戸を開いた向こうに立っていたのは、二本差しの男が一人。

十蔵と同じく、脱いだ編笠を手にしている。

白髪頭を小銀杏に結い、着流しは茶染めの黄八丈。

「待たせたな、八森」

向き直った十蔵に告げる口調は、あくまで穏やか。

「どうしたんでぇ壮《そう》さん、ずいぶん遅かったじゃねぇか」

「どうしたも何もあるまいぞ。年番方《ねんばんかた》の与力殿に足止めされた私を見捨て、先に御番所を出たのはおぬしであろう」

「壮さんこそ人聞きが悪かろうぜ。お偉方の相手はお前さんのほうが手慣れてるって承知の上で、安心して後を任せたんじゃねぇか」

「おぬしには敵《かな》わぬの」

口が減らない十蔵に苦笑いを返す男の名前は、和田壮平《そうへい》。

十蔵と共に三十年余の長きに亘り、北町奉行所に勤める同心だ。

黄八丈の着流しに重ねて着ける習わしの黒紋付を置いて出てきたのは、忍びの外出《そとで》であるが故。

もとより十手《じって》も腰にせず、袱紗《ふくさ》に包んで懐中に収めていた。

「よ、ようこそお越しくださいました、和田の旦那」

「痛み入る」

深々と頭を下げたあるじに向かって告げる、壮平の口調は変わらず穏やか。

「大つごもりまでの付き合いなれど、くれぐれもよしなに頼むぞ」

「………」

「何としたのだ。はきと答えよ」

「は、はい」

「口約束と軽んじて、違《たが》える所存ではあるまいな」

「め、滅相《めっそう》もございません」

「ならば良い」

微笑み交じりに告げる壮平は、面長の細面《ほそおもて》。強面《こわもて》の十蔵と違って目鼻立ちが整っており、老いてはいても美男と呼ぶに相応《ふさわ》しい。

「ど、どうぞ奥へお通りくださいまし」

「かたじけない」

緊張が失せぬあるじに礼を述べ、壮平は雪駄《せった》を脱いだ。

もとより足袋《たび》は履いていない。

手代が持ってきた雑巾《ぞうきん》で素足を拭き、十蔵と共に店の奥へと入っていく。

ちらりと覗いた二人のふくらはぎは、子持ちししゃもの腹の如く張っている。

顔立ちと同じく体つきも細身の壮平だが、齢を重ねた五体は筋金《すじがね》入りだ。

三十年来の付き合いとなる十蔵と共に難しい御役目を全うするため、長きに亘って鍛えてきたのだ。

十蔵と壮平は、ただの老いた小役人ではない。

二人が属する部署は廻方《まわりかた》。

その御役目は隠密《おんみつ》廻。

町奉行直属の立場として、文字どおり隠密裏に任を全うする身であった。

二

南北の町奉行所で事件の捜査に専従する廻方は、三つの御役目に分かれている。

決まった持ち場を巡回する定《じょう》廻は、三十代から四十代。若同心と呼ばれる見習いの域こそ脱していても、未だ経験の浅い者たちだ。

この定廻を補佐する臨時《りんじ》廻は、四十代から五十代。自身も定廻を勤め上げた経験を持っており、若手の面々だけでは行き届かない区域を見廻る。

その臨時廻の上を行く、最年長の同心が担うのが隠密廻だ。

六十を過ぎなければ用をなさぬと言われるほど難しいのは、人目を忍び市井《しせい》に紛れ込んでの探索に従事しなければならないからだ。

姿形を町人らしく装うだけではなく、立ち居振る舞いも注意を要する。

もとより廻方の同心たちは市中の民に親しまれるため、武士らしからぬ言動を常としていた。

髪は武家風の本多《ほんだ》にせず、町人の髪型に近い小銀杏《こいちょう》に結う。

市中では堅苦しい言葉遣いを避け、十蔵のようにわざと伝法な口調で話す。

武家の正装であり、常着とすることが特権でもある袴を穿かず、黄八丈に黒紋付を重ねただけの軽装で執務する。

将軍の御駕籠先の警固に就いた際にも差し支えなしと認められており、廻方同心の黄八丈は御成先御免《おなりさきごめん》の着流しと呼ばれていた。

足袋は紺染めで、裏地だけが白い仕立てだ。

いずれも一目で八丁堀《はっちょうぼり》の旦那と分かるため、市中を歩くだけで犯罪を抑止する効果があり、武士らしからぬ言動も親しみやすい。

故に市中の民は警戒せず、探索の御役目にも進んで協力してくれる。

しかし、それだけではまだ足りない。

市中の探索に従事する役人は、廻方の同心たちだけではないからだ。

手柄を横取りされると町奉行所を目の敵《かたき》にする火付盗賊改《ひつけとうぞくあらため》は言うに及ばず、本来は旗本と御家人の行状《ぎょうじょう》の監察が御役目の目付も密かに探索を行っている。

陸奥白河《むつしらかわ》十一万石の先代藩主の松平越中守定信《まつだいらえっちゅうのかみさだのぶ》が老中首座として幕政の改革を断行した寛政《かんせい》の世には御庭番まで駆り出され、十蔵と壮平も隠密廻本来の御役目に支障の出ない範囲で手伝ったものである。

定信の場合は、まだ良かった。

天明《てんめい》の大飢饉《だいききん》という未曽有《みぞう》の危機に日《ひ》の本《もと》が見舞われ、将軍の御膝元である江戸においても狂乱した江戸市中の民が打ちこわし——米屋をはじめとする商家を襲って略奪に及んだ事態を鎮《しず》める一方、町人だけではなく武士も厳しく取り締まることで前《さき》の老中だった田沼主殿頭意次《たぬまとのものかみおきつぐ》の時代に弛緩《しかん》した気風を引き締め、世情を安定させることに力を尽くしていたからだ。

だが、昨今の役人はいけない。

己《おの》が出世のために手段を選ばず、弱い者ばかりを締め上げる。

御役目を果たす上で必要な調べを付けるに際して斟酌《しんしゃく》をせず、御公儀の威光を笠に着た横暴を常としている。

寛政の改革において多くの役人が不慣れな変装で町を歩き、町人を装っている最中に堅苦しい武家の言葉を発したり、丸腰でありながら刀を帯びているかのように振る舞い、江戸っ子たちから失笑を買ったのも今は昔のことである。

火盗改《かとうあらため》は同心も袴を穿いてのし歩き、目付の下で探索に専従する御小人《おこびと》目付は着物から羽織袴まで黒一色の装束に身を固め、民を威嚇《いかく》して止まずにいる。市井の暮らしを乱すことなく探索を行う配慮など、微塵《みじん》も有りはしなかった。

町奉行所の隠密廻は、左様な野暮《やぼ》を一切しない。

忍びの者が用いた七方出《しちほうで》と呼ばれる変装術を踏まえて巧みに身なりを変え、立ち居振る舞いも別人の如く一変させる。

彼ら隠密廻の存在は、公にはされていなかった。

武家の芳名録として市販された武鑑《ぶかん》に対して町鑑《まちかがみ》と称し、南北の町奉行所をはじめとして町年寄に町名主、町火消など江戸市中の行政に関わる組織を網羅《もうら》した出版物にも収録されていないのだ。

定廻は見廻りの持ち場に店を構える商人たちとの付き合いが欠かせず、臨時廻にも進物《しんもつ》を贈りたがる商家が多いため、個々の御役目ばかりか八丁堀の組屋敷の住所まで掲載されたものだが十蔵と壮平は姓名すら載っておらず、定廻を経て臨時廻を務めた後は隠居したと見なされていた。

それは、世間の目を欺《あざむ》くための一策。

齢を重ねると共に経験を積み、六十を過ぎて本領を発揮していたのだ。

『北町の爺様』

十蔵と壮平の存在と御役目を知る人々は親しみに敬意を込めて、彼らのことをそう呼んでいた。

三

十蔵と壮平が通された座敷は、店の奥の一室であった。

埃《ほこり》こそ見当たらないが、微かに甘い香りが漂っている。

「日頃は売りもんの置き場にしているみてぇだな」

「そのようだな」

十蔵のぼやきに相槌《あいづち》を打ちつつ、壮平は帯を解く。

大小の二刀はあらかじめ腰から外し、十蔵の差料と共に横たえられていた。

黙々と着替えを進める壮平に倣《なら》い、十蔵も黄八丈を脱いだ。

衣替えを済ませた二人の着物は、すでに綿入れとなっていた。

日の本では残暑が続く葉月《はづき》一杯は着物を表地だけにした単衣《ひとえ》で過ごし、長月の朔日《ついたち》から裏地を付けた袷《あわせ》を着用する。そして同じ長月の九日からは表地と裏地の間に保温用の綿を詰め、翌年の弥生《やよい》の末日まで暖かくして過ごすのだ。

「あー、寒《さみ》い」

十蔵は厳つい体を震わせた。

「せっかく足袋が履ける時分になったのに、裸足じゃ冷えていけねぇや」

そんなことを言いながら、部屋の隅に置かれた火鉢の前から動こうとせずにいた。

暇ならば股火鉢でくつろぎたいところだろうが、そんな余裕は有りはしない。

十蔵は震えながらも黄八丈の下に汗取りを兼ねて着けた半襦袢も脱ぎ、下帯《したおび》一本の姿となった。

「おぬしの寒がりは相変わらずだの……」

呆れ交じりにつぶやく壮平も半裸体だ。左の肩と右の腿《もも》に残る、古傷の痕《あと》が露《あら》わになっていた。

「だから俺ぁ薬売りの形《なり》に目を付けたのさね。ぴっちりした股引《ももしき》を穿いてりゃ冷えずに済むし、胸当てまであるとくらぁな」

「胸当ては広目《ひろめ》のために着けるものだぞ」

「へっ、そんなこたぁついでていいんだよ」

重ねて壮平に呆れられても、十蔵は気にしない。

着替えの一式が包まれた風呂敷を広げ、着替えを始める。

下着の腹掛けを当てて股引を穿き、袖を通したのは法被《はっぴ》。武家奉公の中間《ちゅうげん》が用いる法被は紺と決まっているが、こちらの染めは黒である。

続いて十蔵は胸当てを手に取った。

上半身を覆う形に仕立てた厚めの生地には、蛇の目が刺繍されていた。

かの加藤清正《かとうきよまさ》が用いたことから尚武《しょうぶ》の気風の象徴と尊ばれ、南町奉行の根岸肥前守《ねぎしひぜんのかみ》鎮衛《しずもり》も家紋としている蛇の目は、町人の間でも人気が高い。その蛇の目が正面ばかりか背中にも入っていれば人目を惹いて記憶に残り、広目——宣伝の効果が期待できるわけである。

「清正公《せいしょこ》様に所縁《ゆかり》の紋所《もんどころ》入りなら、秋風も目じゃねぇやな」

「左様に願い上げようぞ」

着替えを終えて悦《えつ》に入る十蔵に、壮平は親身に告げる。

こちらも薬売りの衣装一式を着けていた。

あるじは十蔵の指図どおり、あらかじめ衣装に手を加えていた。水に潜《くぐ》らせて干すことを繰り返し、適度に傷んだ状態になっている。

「なかなか似合うじゃねぇか、壮さん」

「おぬしこそ様になっておるぞ」

「お互《たげ》えに物売りになるこたぁ多いからな」

十蔵が筋金入りの寒がりであることは、知り合った当初から知っている。袷から綿入れに衣替えをするまでの一回り――ほんの短い間さえ、秋風の冷たさが耐え難いとぼやくのも毎年のことだった。

そんな十蔵も、この店のお仕着せには申し分ないらしい。

「さーて、売りもんを検《あらた》めるとしようかい」

「うむ」

二人は着替えの包みに添えられた網袋を手に取った。

武士が道中に用いる武者修行袋より大ぶりの、目が詰まった袋である。

「……大《てえ》した量だな」

「それだけ飛ぶように売れておるということだの……」

広げた口を締め直し、十蔵と壮平は苦笑い。

中にぎっしりと詰め込まれていたのは、薬包の入った紙袋。

一服ずつ小分けにされた丸薬《がんやく》については、見るまでもない。

その効き目ばかりか原材料に至るまで、すでに二人は調べを付けていた。

カラン糖と称する薬が売り出され、癪《しゃく》の痛みを鎮める妙薬《みょうやく》として人気を博したのは今年になってからのこと。

十蔵は江戸を離れたまま消息を絶ち、生死も定かではなかった。

壮平は無二の相方の安否を気遣いながらも、日々の御役目に専心した。

この店の摘発も、壮平が端緒《たんしょ》を摑んだことが始まりだった。

男女の別なく持病とする者の多い癪の腹痛に効くとの触れ込みで行商を始め、たちまち店まで構えたのを不審と見なしたのだ。

ありふれた丸薬が、何故にここまで売れるのか。

長崎《ながさき》生まれで医者あがりの壮平にかかれば、薬の原料まで割り出すのも容易《たやす》い。

去る皐月《さつき》に無事に江戸へ帰ってきた十蔵も協力し、他の御役目をこなす合間に調べを進めて御用にしたのは、未だ暑さが厳しかった葉月の半ば。

進退が窮《きわ》まったあるじと二人の奉公人――昨年まで九州で抜け荷の一味に加わっていた男たちを罪に問わない代わりに年内一杯で店を畳ませ、隠密廻の探索に手を貸すことを受け入れさせたのだ。

「癪の病に効能抜群のカラン糖も種を明かしゃ、餞別《せんべつ》代わりに抜け荷船から分捕ってきた糖黍《とうきび》の甘味が強《つえ》えばっかりの、とんだ紛《まが》いもんたぁ呆れたこったぜ」

「左様に言うてやるでない。私が調べた限り、体の毒になる材料は用いておらぬ」

ぼやいた十蔵に、壮平は真面目な顔で請け合った。

有害な成分が含まれていれば、壮平も見逃がしはしなかった。

カラン糖と名付けられた薬には、たしかに中毒性がある。

しかし壮平が危惧《きぐ》した阿芙蓉《あふよう》——アヘンの類などは含まれておらず、砂糖黍の搾り汁を乾燥させ、濃縮したもので市販の胃薬が包まれていただけだった。

その甘さが絶妙で、総じて甘味に弱い江戸っ子の舌を喜ばせたのだ。

江戸で砂糖は薬種屋《やくしゅや》にて売られており、薬の一種と呼べなくもない。

故に壮平は十蔵と諮《はか》り、この一件を不問に付したのだが——。

「毒にゃならねぇ代わりに、薬にもならねぇんだろ」

「そうとは限らぬぞ、八森」

苦笑しきりの十蔵に、壮平は穏やかな口調で説き聞かせた。

「病は気からと俗に申すが、治る時も同じことが言えるのだ。世間に聞こえし名医が処方せし妙薬を以《もっ》てしても甲斐なく果てる者あらば、取るに足らぬ売薬で本復《ほんぷく》する者も居るのだ」

「そいつぁ、病人の体に力が戻ったおかげだろうが」

「左様。その力を導き出すのが、真の妙薬ぞ」

「こんな紛いもんを飲んで癪が鎮まる病人も、居るってことかい？」

「さもなくば怒った客が押しかけて、この店は疾《と》うに打ちこわされておるはずぞ」

「もしもそんなことになってたら、俺たちが御用にするにゃ及ばなかったな」

「店を潰された上で島津《しまづ》侯のお屋敷に連れ込まれ、ご家中の示現流《じげんりゅう》の腕利きに引導を渡されておったに違いあるまい」

「俺たちの目こぼしが、すんでのとこで間に合ったってわけかい」

「そういうことだな」

「命冥加《いのちみょうが》な奴らだぜ」

「年の瀬まで我らの隠れ蓑《みの》になるだけで首が繋がったとあれば、安いものぞ」

「それもこれも、北《うち》のお奉行がさばけたお人だからだよなぁ」

「以前であればお目こぼしの見返りに、大枚の袖の下を所望《しょもう》されたであろうよ」

「人間、変われば変わるもんだよなぁ」

十蔵が言う『北のお奉行』とは去る年の卯月《うづき》二十五日に着任した、永田備後守正《ながたびんごのかみまさ》道《みち》のことである。

年が明け、着任から無事に一年が過ぎた正道は、当年取って六十一。南町奉行となって十四年目で齢七十六の鎮衛はもとより、十蔵と壮平と比べても年が下の正道は、着任した当初は呆れ果てた守銭奴《しゅせんど》だった。

勘定方の小役人を振り出しに出世を重ね、旗本が望み得る最高の御役目とされる町奉行の職に就いたのは鎮衛も同じだが、正道はとにかく金に汚い。勘定方で東照宮《とうしょうぐう》の修復をはじめとする御公儀の普請に携わることで私腹を肥やし、御三卿《ごさんきょう》の清水徳《しみずとく》川《がわ》家に用人として派遣されるや、悪名の高かった長尾幸兵衛《ながおこうべえ》に負けじと十万石の御内《ごない》証《しょう》を私物化。営々と蓄えた金子《きんす》を幕閣のお歴々にばらまいて更なる栄達《えいたつ》を望み、勘定奉行にまで成り上がったのだ。

この守銭奴が改心したのは着任した年の夏のこと。北町奉行の座に就く上で一番の後ろ盾だった御側御用取次の林肥後守《はやしひごのかみ》忠英《ただふさ》から用済みとばかりに命を狙われ、金で人を動かす浅ましさに見切りをつけたが故であった。

「お奉行が性根を改めなすったおかげで、俺たちもやりやすくなったよなぁ」

「全ては南のお奉行のお力添えがあってのことぞ」

「若様の助太刀《すけだち》も、ゆめゆめ忘れちゃなるめぇぜ」

「申すまでもあるまいぞ」

十蔵と壮平が言うとおり、浅ましき守銭奴の正道を改心させたのは、南の名奉行と呼ばれる鎮衛だけではない。

正道が北町奉行となった直後に、鎮衛は一人の青年を配下に加えた。

若様と呼ばれる青年は過去の記憶を失っており、親が付けた名前も知らずにいるが唐土《もろこし》渡りの拳法の手練《てだれ》であり、事件の真相を見抜く勘にも秀でている。

のみならず人格も練れており、弱き者を決して見捨てぬ、心優しき青年だ。

そんな若様の周りには、頼りになる助っ人が多い。カラン糖売りの三人組の素性を特定することができたのも、若様の人脈のおかげであった。

あるじと二人の奉公人の面体《めんてい》を検め、たしかに九州で抜け荷の一味に加わっていたと請け合ってくれた柚香《ゆずか》は、若様に首ったけ。

柚香は隠し子とはいえ肥後相良《さがら》藩の姫君であり、タイ捨流《しゃりゅう》――新陰《しんかげ》流に拳法の技を加えて独自の発達を遂げ、相良家に代々伝わる剣術流派を極めた手練。相良忍群と称された家中の精鋭たちは江戸に派遣された半数が将軍家との密約に従って御庭番衆の監視役を務め、残る半数は九州の地で諸大名の抜け荷を摘発する任に就いていた。

柚香は若いながらも相良忍群一の遣い手で、江戸に来る以前は抜け荷探索の御用も担っていた身。

おかげで裏を取るのが叶った十蔵と壮平は三人組の首根っこを押さえ、年内一杯で店を畳んで隠密廻の探索に手を貸すことを約束させたのだ。

隠密廻の探索に欠かせぬ変装は、決まった身なりばかりでは気取られる。目先を変える上で、流行《はや》りの物売りはお誂《あつら》え向き。二人は売り子の装束を用意させると同時に、探索の手伝いも命じていた。

もとより相手は小悪党。抜け荷の一味に加わっていながらも、好んで非道は働かずにいたという。妙薬に非《あら》ずとも毒にはならず、鰯《いわし》の頭も信心からの理《ことわり》に違わず効き目があるならば罪には問わず、活かすのも有りだろう。

「待たせたな、壮さん」

支度を終えた十蔵が腰を上げた。

町人になりすましても、袱紗に包んだ十手を懐に忍ばせるのは忘れない。壮平と揃いの十手には紫の房が付いている。

格別の手柄を立てた者だけに与えられる紫房《しぶさ》は、人知れず労するばかりの御役目を遂行する二人にとって、一番の勲章であった。

菊細工ばやり

一

「カランと～」

「カラン糖――」

晴れ渡った空の下、流行りの売り文句が通りに流れる。

店を出た十蔵と壮平である。

「カランと～、カランとう～」

「カラン糖――カラン糖――」

野太い声を上げながら練り歩くのは十蔵。

続く壮平の声は朗々としていながらも、繊細な響きであった。

蛇の目印のカラン糖の店が在るのは、浅草《あさくさ》の黒船町《くろふねちょう》だ。

幕府の御米蔵《おこめぐら》が建ち並ぶ蔵前《くらまえ》から近い黒船町は、後の世の台東区《たいとうく》寿《ことぶき》三丁目から駒形《こまがた》二丁目に至る一帯である。

風変わりな町名は、未だ幕府が開かれて間もない慶長《けいちょう》年間の江戸に寄港した阿蘭陀《オランダ》人の一行が神君家康《いえやす》公に歓待され、この界隈に逗留したのが由来であるという。

当時の江戸は沿岸の埋め立てが完成するには至っておらず、十蔵と壮平が隣同士で暮らす八丁堀は海の底。

千代田《ちよだ》の御城の手前まで波打ち際だったため、外海の荒波を越えてきた『黒船』が停泊することも可能だったのだ。

かのペリーの指揮する四隻のアメリカ軍艦が浦賀《うらが》に来航し、将軍家の威光が凋落《ちょうらく》し始めるより遥か昔の、海の向こうの国々との交流に寛容だった当時から、異国の船舶はそう呼ばれていたのである。

長崎で交易が続く阿蘭陀に因《ちな》んだ町名とはいえ、未だ改められずに残っているのは将軍家の寛容さがあってのことと言うべきか——。

大川《おおかわ》に背を向けた十蔵と壮平は、黒船町の角を左に曲がった。

町坂の木戸を一つ二つと通り抜け、蔵前の通りを流していく。

夜間は盗人や辻斬りを阻むために閉め切り、番人が目を光らせる木戸も日中は開け放たれており、通行を妨げられることはなかった。

蔵前の一帯には蔵米《くらまい》取りの旗本と御家人から依頼を受け、御蔵米の受け取りと換金を代行する札差《ふださし》が軒を連ねているが、御蔵米の支給は如月《きさらぎ》と皐月、神無月《かんなづき》の年に三度と決まっており、未だ長月の今は出番がない。

にもかかわらず、蔵前の通りは今日も物々しい。

有《あ》り体《てい》に言えば殺気立っていた。

元凶は札差の店々に押しかけた、依頼主の旗本と御家人。

「……毎度の眺めだが、世知辛えこったな」

「……言わずもがなぞ。備前《びぜん》屋も備中《びっちゅう》屋も、相変わらず強気なことだ」

声を潜めてつぶやいた十蔵に、壮平は言葉少なに答える。

通りの向こうの店では押しかけた旗本が、あるじと押し問答の真っ最中。

隣の店先も同様の有様だった。

大挙して押しかけたのは、旗本より格が下の御家人たちだ。個々の禄高は微々たるもののため、単独で押しかけても相手にされぬと判じてのことなのだろう。

将軍の直臣である旗本と御家人に対して陪臣《ばいしん》と呼ばれる藩士の場合は、主君の大名に借り上げと称した天引きをされ、窮乏が甚だしい藩では半知《はんち》——本来の知行や俸禄の半分しか受け取れないが、なまじ担保があるために借金が膨れ上がるばかりの旗本と御家人に比べれば、まだ良かった。

旗本も御家人も札旦那と持ち上げた呼び方をされる一方、誰もが札差に生殺与奪《せいさつよだつ》を握られている。現物給与される米の値が物価の上昇に追いつかず、家代々の禄高そのものも出世をしなければ増えぬため、何年も先に支給を受ける御蔵米まで担保にして札差への借金を重ねざるを得ずにいた。

とはいえ御家人ばかりか旗本まで自ら出向くとは、滅多にない話だろう。

どの旗本も将軍家御直参の矜持《きょうじ》も何処へやら、血相を変えて詰め寄っている。

「形振《なりふ》り構っていられねぇってのは、ああいうこったな。蔵米取りの小旗本《こっぱたもと》でも算盤《そろばん》勘定が得意な用人の一人ぐれぇ、召し抱えているだろうによ……」

「任せておけぬほど動転しておるのだ。今年は豊作なれば、米の値が下がるのは必定である故な……」

小休止を装った十蔵と壮平は背に担いだ網袋を下ろし、殺気立った双方のやり取りを眺めやる。菅笠《すげがさ》の下で浮かべた表情は、揃って浮かぬものだった。

町奉行所勤めの同心たちも、俸禄は御蔵米の現物支給。

二割五分ずつを如月と皐月に受け取り、残る五割は神無月だ。

年俸の三十俵二人扶持は全て金に換えれば八両ほどになるが、米の値段は変動するのが常である。豊作ならば尚のことで、家中で消費する分を除いて売り払った金額が幾らになるのか、年を越すのに足りるのかは神のみぞ知る話であった。

二

「いよいよ産み月も近《ちけ》えってのに、難儀なこったぜ」

「…………」

思わずぼやいた十蔵に、壮平はかける言葉を見出せなかった。

二人の妻女は家付き娘だ。

いずれも一人娘で後を継ぐ兄弟が居らず、十蔵と壮平をそれぞれ婿に迎えることにより、江戸開府の当初から北町奉行所の隠密廻を代々務める八森と和田の両家は存続された。

壮平と夫婦になった和田家の志津《しづ》は健在だが、八森家の七重《ななえ》は十一年前に急な病で命を落とし、十蔵は長らく独り身を通してきた。

その十蔵が去る皐月に祝言《しゅうげん》を挙げ、後添いを迎えたのだ。

綾女《あやめ》という十蔵の後妻は、当代の将軍である家斉《いえなり》を籠絡《ろうらく》するため小納戸《こなんど》頭取の中野《なかの》播磨守《はりまのかみ》清茂《きよしげ》が大奥に送り込んでいた養女だ。綾女は双子の妹の桔梗《ききょう》と二人一役で御中臈《ちゅうろう》のお美代《みよ》の方《かた》を演じ、今は家斉の御手付きとなった桔梗が一人で大奥暮らしを満喫している。

清茂は家斉が御三卿の一橋《ひとつばし》徳川家の若君だった頃から、御側近くに仕えた身。共に家斉の遊び相手を務めた西の丸側用人の水野出羽守《みずのでわのかみ》忠成《ただあきら》、そして御側御用取次の林肥後守忠英との繋がりも強い。

清茂と忠成に忠英を加えた三人は、いわば悪しき三羽烏《がらす》。もとより篤《あつ》い家斉の信頼を更に強固なものとすべく、桔梗ことお美代の方に籠絡させようと企んでいる。

その清茂に姉妹で協力していた綾女が、どうしたことか十蔵に想いを寄せたのだ。

最初は危ぶみ、綾女に刃まで向けた壮平であったが、もはや疑念は抱いていない。

江戸を遠く離れた両神山《りょうかみ》中で宿敵の茂吉《もきち》と一騎打ちに臨み、命懸けの勝負を制するも断崖から転落した十蔵の窮地に綾女は駆け付け、献身的な介抱で蘇生させた。

夫婦の約束を交わしたのは、十蔵の弟夫婦が継いだ秩父の生家で養生をしている間のことだったという。

江戸へ戻った十蔵と綾女を壮平は心から祝福し、志津は臨月も間近な綾女の世話を甲斐甲斐しく焼いている。

他ならぬ十蔵も、合縁奇縁《あいえんきえん》で結ばれた若妻に対する配慮を欠かさない。

「おぬし、煙草は欲しゅうならぬのか」

「何でぇ壮さん、吸いてぇのかい？」

おもむろに問われた十蔵が、戸惑い交じりに壮平を見返した。

「馬鹿を申すな。私がもとより嗜《たしな》まぬのは存じておろう」

「だったら一体どうしたんだい」

「おぬしの銀煙管《ギセル》が、その先の村田《むらた》屋の逸品であったのを思い出したのだ」

「そういうことかい」

十蔵は合点《がてん》した様子で頷いた。

黒船町の村田屋は華のお江戸でも指折りの煙管を扱い、煙草を嗜む者たちの間では上野池之端《うえのいけのはた》の住吉《すみよし》屋と人気を二分する名店だ。当代のあるじである小兵衛《こへえ》の次男が俳諧に加えて国学を修めた俊才であることも、村田屋の売りだった。

「あの煙管は、秩父の弟に譲ったと申しておったな」

「義父《おやじ》にゃ悪いと思ったんだが、手元に置いといたら吸いたくなっちまうからなぁ」

「良き心がけだ、八森」

「そう言ってくれるかい」

「女房殿の産み月が近《ちこ》うなるまで、よくぞ辛抱が続いたものぞ」

「腹ん中の赤子にも障《さわ》りがあるって、壮さんが教えてくれたおかげさね。さもなきゃ手頃なのを見繕って、またぞろ始めていただろうさ」

「八森の義父殿の向こうを張って、村田屋でいま一度誂えようとは思わなんだのか」

「俺らの安扶持で払いが足りるはずがねぇだろ？　幾らすると思ってんだい」

「手元不如意《ふにょい》が幸いしたというわけか」

菅笠の下で苦笑いをする十蔵に、壮平は真面目な顔で言った。

「ともあれ。向後《こうご》も大事に致せよ」

「綾女のことなら、もとより承知だぜ」

「おぬし自身も、だ」

「かっちけねぇ」

さりげなくも親身に告げた言葉に、十蔵は微笑んだ。

厳つい顔を綻ばせ、少年の如く無邪気な笑みを浮かべていた。

「そろそろ行くかね」

「うむ」

二人は同時に腰を上げた。

「せっかくここまで出張ったんだ。巣鴨《すがも》まで足を延ばしてみねぇかい?」

「菊細工か」

「この晴れ空じゃ、さぞかし客が多かろうよ」

「自ずと不心得者も湧いて出ようぞ」

「顔見世前の腕慣らしに、ひと狩りしようぜ」

「心得た」

菅笠越しに視線を交わし、二人が足を向けた先は北西。

下谷《したや》から本郷《ほんごう》、小石川《こいしかわ》と続く武家地を通り抜けていく。

三

カラン糖の売れ行きは順調だった。

「おじさん、一つおくれな」

「へいっ、毎度ありぃ」

「こっちは二つだ」

「毎度」

声がかかれば足を止め、また売り文句を唱えながら練り歩く。

「カランと〜」

「カラン糖──」

二人の上げる売り文句は、共に地声であった。

十蔵も壮平も姿形を変えるばかりか、声色も使い分けることができる。姿を見せずに老若男女を装って、相手を欺くのも朝飯前だ。

とはいえ、売り子に扮した時には難しい。

声の芝居をする際に、人の体は楽器に譬《たと》えられる。

十蔵の野太い胴間声《どうまごえ》も、壮平の発声の繊細な響きも、それぞれの体つきに基づいたものである。歩きながら客の耳目《じもく》を惹く物売りは尚のこと、個々の体格に見合った声でなければ不自然だ。

故に十蔵も壮平も小細工をせず、生来の声で売り文句を唱えていた。

「カランと〜カランとカランとカランと〜」

「カラン糖カラン糖カラン糖──」

胴間声と美声を揃え、二人は通りを進みゆく。

行く手に人通りが増えてきた。

「大した賑わいだな」

「さもあろう」

穏やかな秋晴れの日が続けば、自ずと行楽の地に足が向く。

当年の秋、とりわけ人気を集めたのは巣鴨だ。

その名も巣鴨通りと呼ばれた目抜き通りに、ずらりと花壇が並んでいた。

ご当地名物の菊の花だ。

日の本原産の菊の花は、白と黄の二色である。

中でも小ぶりな三寸（約九センチ）幅の小菊の花を集めて鶴や象、宝船や富士山《ふじ》を象《かたど》るのみならず、並べた花弁を着物に見立てた人形まで拵えて、客の目を楽しませることも行われた。

当月の出来事として『武江年表《ぶこうねんぴょう》』に以下の記事が見出される。

——巣鴨染井《そめい》の植木屋にて、菊の花を以て人物鳥獣何くれとなく、色々の形を造りて諸人《しょにん》に見する。年毎に盛んになり、およそ五十余箇所に及ぶ——。

後の世でお馴染みの菊人形が評判を呼んだのは幕末に近くなった頃の話だが、文化年間の初めに流行り始めた菊細工においても等身大の男女の人形を小菊で彩り、観覧に供することが試みられていたという。

このような菊細工を集めた催しを、菊合わせと呼ぶ。

文化九年の前半には本所回向院《ほんじょえこういん》をはじめとする多くの寺社で秘仏を公開する御開帳が催され、信心深い江戸っ子たちでごった返したものだが、秋を迎えて始まる菊見の人気も負けてはいない。

良質な菊が栽培されたことで知られた巣鴨と染井の両村を筆頭に、押し寄せる老若男女は数知れず。人気にあやかって市《いち》をなす屋台の店々も大盛況。

巣鴨では従来の花壇に連ねて沿道に菊細工が飾られ、そぞろ歩きながら楽しむこともできるとあって、通りが埋まるほど混み合っていた。

しかし、中には招かれざる客もいる。

雑踏に紛れて悪事を働く、掏摸《すり》や置き引きの類である。

用心を怠らずとも無事に済むとは限らない。狙った相手を集団で取り囲み、力ずくで金目の物を奪い取る輩《やから》も出没するからだ。

斯様《かよう》に度し難い輩の横行《おうこう》を、十蔵と壮平は許さない。

「壮さん、早手錠《はやてじょう》は持ってるかい」

「申すに及ばぬ。おぬしこそ、万力鎖《まんりきぐさり》を忘れてはおるまいな？」

「あたぼうよ」

「私も備えに不足はない」

声を潜めて答える壮平は、手のひらに寸鉄《すんてつ》を忍ばせていた。

丸腰で現場に出向くことが多い隠密廻は、隠し武器の扱いに通じている。

十蔵の万力鎖に、壮平の寸鉄。

早手錠とは両手の親指に嵌《は》め、抵抗を封じるための備えであった。

四

巣鴨の狩り込みは順調だった。

「いけねぇなぁ、お若いの」

十蔵は若い男に肩を貸し、人混みを通り抜ける。

派手な着流し姿の男は、ぐったりしたまま引きずられていく。

「昼酒は程々にするもんだぜ。すっかり悪酔いしちまって……」

介抱をしていると装って、十蔵が男を連行した先は最寄りの自身番所。

壮平は二人の小悪党に白い捕縄《とりなわ》を打ち、番所の奥の板敷きに拘束していた。

南北の町奉行所が管轄する市中の各所に設けられた自身番所は、界隈に住む町人が運営を任された、後の世の交番に等しい施設である。

当時の巣鴨は村であったが、近隣の染井村と同じく町奉行の支配地だ。

「ご苦労様でございます、旦那」

「お前さんこそ雑作《ぞうさ》をかけるな。先に転がしといた奴らは行ったのかい？」

「へい、北町からお迎えが参りました」

十蔵の労をねぎらう番人はまだ若く、定廻を務めていた頃の十蔵と壮平とは面識がなかったものの廻方の同心専用の十手、それも紫房の付いたものを見せられるや二人の立場を理解し、臨時の捕物に労を惜しまず協力していた。

「何でぇ壮さん、俺より多いな」

「こやつらは二人がかりで年寄りの巾着《きんちゃく》を奪い取りおったのだ」

「そこに出っくわしたんで、まとめて引っ括ったわけかい」

十蔵は感心した様子で言いながら捕縄を出し、担いできた男を縛り上げた。

麻糸を縒《よ》り合わせた捕縄は丈夫な上に小さくまとめて携行できる、廻方の同心だけが打つことを許された拘束具だ。

季節に合わせて四色に染め分けた縄を『打つ』とは、きっちり結び目を作ること。

捕らえた者に罪が有ると判じた証しであるため、界隈の町人が交代で務める自身番はもとより、岡っ引きにも体に掛けることしか許されない。廻方同心の正式な配下である小者《こもの》も十蔵と壮平が狩り込みを行う際に知らせを受けて出向き、捕らえた小悪党どもを連行するのみだった。

「それじゃ旦那がた、おっつけ戻って参りやす」

「頼むぞ、勘六《かんろく》」

「へい」

壮平の言葉に頷く小者は十蔵が戻って早々に現れた、六尺豊かな大男。お仕着せの法被がはち切れんばかりに胸板が厚く、股引を張り詰めさせた腿も太い。

力士じみた巨漢の小者は捕縄を打たれた三人を事もなげに引っ立てて、自身番所を後にする。

「勘六の奴、前より喋るようになったんじゃねぇかい？」

「うむ」

「最初はほんとに一言二言で、声も小さかったからなぁ」

「おぬしこそ声を小さくせい。番所の内とは申せど、通りすがりの者に気取られたら何とするのだ」

感心しきりの十蔵に、壮平は抜かりなく釘を刺した。

しかし、十蔵は平気の平左。

「心配するにゃ及ばねぇやな」

太い指で笠の縁を持ち上げ、老いても精悍《せいかん》な顔を覗かせる。

「壮さんも狩り込みをして分かっただろ？　どちらさんも菊細工に夢中で、鼠賊《そぞく》どもはもとより俺たちのことも見ちゃいねぇやな」

「……そのようだな」

正鵠《せいこく》を射た十蔵に、壮平は暗い声で答えた。

「……せっかく流行りのカラン糖売りに扮したと申すに、まるで耳目を集めておらぬとは遺憾だの」

「へっ、そんなことを気にしてたのかい」

壮平の意外なぼやきを、十蔵は笑い飛ばす。

言いたいことは分かっていた。

変装と見抜かれてしまっては困るが、顧みられることがないのも些《いささ》か空しい。

十蔵と壮平の七方出には、それだけ手間がかかっているからだ。

「花より団子、胡散臭《うさんくせ》え薬売りより菊細工、ってことさね」

「……そういうことにしておくか」

「まったく見事なもんだよな。今年は人形まで出ていたぜ」

「人形とな」

「男は白菊、女は黄菊を纏《まと》った夫婦《ふうふ》もんだよ。ほんとに生きてるみてぇだぜ」

「それは大したものだの」

「狩り込みがてら見物するかい？」

「そうしよう」

十蔵の誘いに乗って、壮平は番所を後にした。

五

巣鴨村の菊合わせは、土地の植木屋が細工を凝らした催しだった。

通りに連なる花壇は幅が三尺（約九〇センチ）で、長さは三間（約五・四メートル）から七間（約一二・六メートル）と多岐に亘る。雨除けに屋根を付けた上で三方には障子を巡らせ、風を防ぐと同時に雅《みやび》な雰囲気が演出されていた。

そして昨年から始まったのが、形造《かたづく》りとも呼ばれた菊細工だ。

黄菊の虎に、白菊の象。

白菊を雪に見立てた富士山は、まさに壮観。

流行りのカラン糖には目も呉れず、壮平が嘆じるのも無理はない。

壮平をして絶句させるほど、その形造りは見事であった。

「美男美女……であるな」

吐息を漏らす壮平の視線の先に、一対の菊人形が立っていた。

菊花の着物に覆われていない部分に塗られているのは、人形造りに欠かせぬ顔料《がんりょう》の胡粉《ごふん》であろう。

とりわけ見事なのは、若妻に仕立てた人形。

嫁いだ証しに眉を剃ってはいるが鉄漿《おはぐろ》は差さず、まだ子どもを産んではいないことを示していた。適度に交えた肌色や唇の自然な赤みが何とも生々しく、息遣いまで伝わってくるかのようだった。

「へっ、壮さんも花より団子か」

傍らに立った十蔵が、小声でからかうように告げてきた。

周りの誰もが夫婦に見立てた人形に魅入られているとはいえ、わざわざ不審を招く真似はしない。

「む……」

「どうしたって目が行くやな。大した別嬪《べっぴん》だからなぁ」

「新所帯《あらじょたい》持ちが何を申すか。男の人形も、しかと見てやれ」

「へいへい」

十蔵は笑みを浮かべたままで視線を巡らせた。

菅笠の下で細くしていた両の目が、たちどころに見開かれた。

「なぁ、壮さん」

「何としたのだ」

「お前さん、あの血も作り物だと思うかい」

「血だと」

二人が目を留めたのは、若い男の菊人形。

豪奢《ごうしゃ》な絹の着物を模した白菊が、朱く染まっている。

腹に当たる部分であった。

壮平は、落ち着いた足の運びで前に出た。

「カラン糖売りさん、ちょいと下がっておくんなさい」

注意をしかけた張り番の老人に身を寄せざま、懐の十手の柄だけを覗かせる。

「だ、旦那は」

「静かにしておれ」

唖然と見返す張り番を黙らせた壮平は菅笠を脱ぎ、人形たちの正面に立った。

「さぁ、散った、散った」

ざわつく見物人たちを追い払ったのは、折よく戻ってきた勘六だ。

一目で町奉行所の小者と分かる身なり、そして力士じみた巨体の迫力を以て、廻方の同心であることを迂闊《うかつ》に明かせぬ十蔵の代わりを買って出ていた。

そうしている間にも、壮平は二つの人形を検める。

眉一つ動かすことなく向けた眼差しは仙台《せんだい》藩医として伊達《だて》家の信頼が篤かったのみならず、時の老中であった田沼主殿頭意次にも見込まれた医術の師——工藤平助《くどうへいすけ》譲りの観察眼。

壮平が医者として培《つちか》った眼力は、隠密廻の御役目にも大いに活かされていた。

とはいえ、終始冷静ではいられない。

露わになった白髪頭が、じっとりと濡れている。

不覚にも流した冷や汗を隠す余裕は見出せなかった。

花も実もあり

一

菊人形にさせられていた二体の亡骸《なきがら》は十蔵と壮平の指示により、ひとまず自身番所に移された。

見物の善男善女が気付いて騒ぎ出すのを防ぐため、密かに行ったことである。

勘六を呼べば両の肩に一人ずつ担ぎ上げ、速《すみ》やかに運び去るのも容易いが、仮にも仏を粗略に扱わせるわけにはいかない。

十蔵は自身番の若い衆に手伝わせ、女の亡骸を運び出す。

「若《わけ》えくせにだらしがねぇな。もうちっと腰を入れやがれ」

「こ、心得ました……」

亡骸の頭を持たされた自身番の足の運びは頼りなく、細い腕が震えていた。

番人となってから日が浅いらしく、行き倒れや身投げの後始末のために接する折が多いであろう、死体の扱いに慣れていない。足を抱えた十蔵にぐいぐい押されるようにしながら、あたふたと歩みを進めていた。

「腰を入れろたぁ言ったが、そんなに力《りき》んじゃいけねぇよ」

「ど、どうしてです」

「この別嬪さんは人形ってことになってるんだぜ。そんなに重いはずがねぇだろが」

「た、たしかに……」

十蔵に指摘され、自身番は汗まみれの顔で頷いた。

言われたとおりに態《てい》を装い、菊花で飾られたままの亡骸を運んでいく。

自ら体を律することのできなくなった亡骸は、重い上に冷たいものだ。

息を引き取った直後から硬直し、避けられない腐敗も始まる。

厳しかった残暑が去って秋となり、好天の日でも涼しい気候となっていたのは不幸中の幸いであった。

存外に臭いが鼻につかぬのは、辺り一帯に菊細工が溢れ返っていればこそ。衣装として惜しみなく用いられた白菊と黄菊も、死臭を抑える役に立っていた。

「されば、我らも参るぞ」

「へい」

男の亡骸を運ぶ壮平を手伝ってくれたのは、死体と知らずに番をしていた老人だ。

足より重い頭を進んで受け持ち、事も無げに抱え上げる。

「大したものだの」

「年寄り扱いをしないでくだせぇよ。あっしと旦那の年は二つしか違わないじゃねぇですか」

「…………」

何食わぬ顔で告げた老人を、壮平は無言で見返す。

「やっぱりお忘れでござんしたか」

鋭い視線を臆さず受け止め、老人は懐かしげに微笑んだ。

「あっしは新七《しんしち》と申しやす。松の兄いにくっついて築地《つきじ》の梁山泊《りょうざんぱく》にしばしば出入りをさせていただいておりやした、けちな博打《ばくち》うちでさ」

「まことか」

「先生の内弟子をしていなすった旦那のことは、よっく存じておりやすよ。ほんとにお久しぶりでございやすねぇ」

新七と名乗った老人は、微笑みを絶やすことなく歩みを進める。

口調こそ十蔵に劣らず伝法だが、久闊《きゅうかつ》を叙する口上は真摯《しんし》。

白髪頭らしからぬ若々しい名前に違わず、重い亡骸を運ぶ動きに危なげは無い。

新七が口にした『梁山泊』とは、壮平の医学の師匠であった工藤平助が築地の地に構えた邸宅のことだ。伊達家お抱えの藩医でありながら診療所を兼ねて設けた私邸で独自に患者を診察し、薬礼を得ることまで認められていたのである。

名医と評判を取った上に博覧強記《はくらんきょうき》な平助の人脈は幅広く、後の世の中央区《ちゅうおうく》築地四丁目に設けた二階建ての邸宅には大名旗本に文人墨客《ぶんじんぼっかく》、豪商に歌舞伎役者、芸者に幇間《ほうかん》から博徒《ばくと》に至るまで群れ集い、医術に加えて包丁捌きも巧みであった平助は来客を手料理で歓待し、隔たりなき交流を楽しんだ。

その平助もすでに亡く、築地の梁山泊と呼ばれた邸宅は人手に渡って久しい。

工藤家は唯一の男子だった源四郎《げんしろう》が跡《あと》を継ぎ、伊達家と縁の深い近江堅田《おうみかたた》一万三千石の堀田摂津守正敦《ほったせっつのかみまさあつ》に召し抱えられた。若年寄として幕閣の一翼を担った正敦と堀田家に忠義を尽くし、父親譲りの医術の腕を真摯に振るったものの過労に倒れて五年前——文化四年（一八〇七）の暮れに若くして命を落とした。

「あや子様が後添いに入りなすった只野《ただの》様も、急にいけなくなったそうでさ」

「仄聞《そくぶん》しておる。重ね重ね、お気の毒だの」

「陰ながら、お悔み申し上げておりやすよ」

「おぬし、今は堅気で通しておるのか」

「へい。どう転んでも松の兄いにゃ追いつけねぇと骨身に染みやして……三年前から巣鴨に居着いて、ここらの植木屋の手伝いで食わせてもらっておりやす」

「それで花壇の番をしておったのだな」

「左様でさ」

「されば、あの仏を飾りし者も存じておるのだな？」

「……へい」

「常日頃より世話になっておったとあらば言い難かろうが、庇《かば》い立てはおぬしのためになるまいぞ。性根を据えて、はきと申せ」

口を閉ざした新七を、壮平は静かな口調で促した。

「……志田耕吾《しだこうご》様でございやす」

「士分の者か」

「……へい」

「いずれのご家中だったのだ？」

「陸奥守山《もりやま》二万石、松平様の江戸屋敷詰めで」

「……松平大学頭《だいがくのかみ》様、か」

「左様でさ」

「………」

今度は壮平が絶句する番だった。

歴代の当主が大学頭を名乗る松平家は徳川御三家、水戸《みと》徳川の分家である。

初代の松平頼元《よりもと》は水戸黄門《こうもん》こと徳川光圀《みつくに》の腹違いの弟で、当初は同じ常陸国《ひたちのくに》の額《ぬか》田《だ》で二万石を領していたが、元禄《げんろく》十三年（一七〇〇）に五代将軍の綱吉《つなよし》が陸奥国の天領だった守山二万石を頼元に与え、独立させたのだ。

光圀と折り合いの悪かった綱吉が両家の分断を企図《きと》したであろうことは想像に難くないが、頼元は額田の所領を返納した後も光圀に従い、その後も代々に亘って協力し合う間柄を保ってきた。

当代の松平大学頭頼慎《よりよし》は五代目で、守山藩主としては四代目。

水戸徳川と同様に江戸定府で参勤交代を課されることなく、小石川の上屋敷で堅実に暮らしている。

その家臣であった一藩士が、こたびの一件に関与しているのだ——。

二

二体の亡骸は自身番所の奥の板敷きに安置され、改めて壮平の検屍《けんし》が始まった。

衣装に見立てて飾られた菊の花を余さず取り除け、下に着せられていた白無垢《しろむく》の長襦袢も脱がせる。

自身番は表に見張りに立ち、新七は番人の役目に戻った後だ。

十蔵は壮平の隣に座し、粛々と亡骸が検められる様を見守る。

「男の仏は旗本……それも、かなりのご大身だな」

「俺もそう見受けたぜ、壮さん」

素裸にした亡骸を前にして、二人は頷き合った。

「面擦《めんず》れはちっとも見当たらねぇのに、手のひらにゃ胼胝《たこ》がある……右手勝《まさ》りの下手くそだったに違えねぇが、剣術の稽古はそれなりにこなしてるぜ」

「ご大身の子息と判じて間違いあるまい。道場通いをしておれば互いに打ち合うのが習いなれど、お屋敷内での稽古ならば存分に打ち込める……受け手の家士たちにのみ防具を着けさせ、自身は素面素籠手《すめんすごて》で事足りるからの」

「得意になって打ち込んでるとこが目に浮かぶぜ……これだから乳母日傘《おんばひがさ》育ちのお坊ちゃんってのは好きになれねぇんだ」

十蔵は不快げにつぶやいた。

「左様に申すな。死なば仏ぞ」

壮平は窘《たしな》めながらも検屍を進めた。

「うむ……日頃から、なかなかの刀《もの》を腰にしておったようだ」

「そうみてぇだな」

十蔵は頷きつつ、剝き出しの腿を眺めやる。

「華奢《きやしや》なりに左の足が張ってるし、腰っ骨《ぽね》の上んとこの皮が厚いな。見たとこ二十半ばだから、元服して十年がとこ、二本差しで過ごしてきたってこった」

「今出来《いまでき》の新刀ならば軽いが、古刀は重ねも厚い故な……日々腰にしておれば自ずと鍛えられよう」

「幾ら足腰が強くなっても、得物を捌く腕を磨かにゃ役には立たねぇよ」

「敢《あ》えて子弟に重き刀を帯びさせる家柄となれば番方であろう。それでいて、槍も弓も嗜んでいたとは見受けられぬ」

「するってぇと部屋住みかい」

「そういうことだ。家督を継ぐ立場に非ざれば、御番《ごばん》入りに必須の武芸に身が入らずじまいであったとしても頷けようぞ」

「で、挙げ句の果てに心中沙汰かい」

「それは違うぞ、八森」

顔を顰《しか》めた十蔵に壮平は異を唱え、二体の亡骸の股座《またぐら》を示した。

「この二人には情を交わした名残が見当たらぬ。心中……天下の御法に則《そく》さば相対死《あいたいじに》と申すべきだが、互いに惚れ抜いた男と女が進退窮まり、死出の旅路に赴かんとする前に何もせずには居られまいよ」

「それじゃ、この仏さんたちは」

「何者かに強いて引導を渡されし後《のち》、人形に仕立てられたのだ」

「世間知らずの坊ちゃん嬢ちゃんが手前勝手に盛った末に、芝居仕立ての心中立てをやらかしたんじゃねぇってことかい……」

十蔵は並んで横たえられた亡骸に手を伸ばし、脱がせた襦袢を着せ直す。

息絶えた男女は素肌に白無垢の襦袢のみを纏わされた上から、衣装を模した菊の花で飾り付けられていた。

「耳障りなことを並べ立てちまってすまなかったな……しっかり成仏してくんな」

十蔵が襟元をきっちり合わせてやった女人の亡骸に、外傷は皆無である。

血を流してはいない上、首を絞められた形跡もなかった。

となれば、女を死に至らしめた元凶は毒である。

壮平は検屍を始めて早々、十手と共に懐に忍ばせていた銀の簪《かんざし》を女の口中に差し入れることを試みた。銀は石見《いわみ》銀山鼠捕りの通称で売られる砒素《ひそ》に反応し、たちまち黒くなるからだ。

「……やはり烏頭《うず》だな」

「違いねぇ」

壮平の所見に十蔵が頷いた。

トリカブトのことである。

日の本に古来より自生する多年草で、晩夏から秋にかけて紫を始めとする多彩な花を咲かせるトリカブトは、致死性の高い毒草だ。量を加減すれば薬となる一方、葉や花を口にしただけで体調を激変させる。とりわけ毒素が強いのが根の部分で、蝦夷《えぞ》地に自生するエゾトリカブトを用いた毒矢は、巨大な羆《ひぐま》をも死に至らしめたという。

「この別嬪《べっぴん》さんにゃ、のたうち回った様子が見受けられねぇ……一服盛られたって気付く間《ま》もなく心の臓を止められちまったってこったよな、壮さん」

「左様に相違あるまいぞ。後の調べはお奉行任せに致さねば相ならぬがの」

「くそったれ、ご大身の若様と別嬪さんを二人まとめて殺した上で菊細工に仕立てるたぁ、ふざけるにも程があろうぜ」

「如何なる存念があっての所業であるのか、俄《にわ》かには判じ難いの……」

怒りが止まない十蔵を前にして、壮平の表情は暗かった。

花も実もある若い男女を手に掛けた動機が何であれ、大身旗本が絡んでいては二人の手に余る大事であった。

三

長月も末に至っていた。

「今日も晴れたなぁ」

組屋敷の玄関先から空を見上げ、十蔵は心地よさげにつぶやいた。

八森の家付き娘だった妻女の七重に先立たれ、長らく独り身を通してきたのも先頃までのことである。

「お待ちなさいな、旦那様」

呼び止められたのは、玄関を出ようとした時のこと。

「待つのはお前さんのほうだぜ。見送るにゃ及ばねぇって言ってるだろ?」

「少しは動いとかないと、腰が立たなくなっちまうでしょ」

案じる十蔵に、綾女は明るい笑みを返した。

「旦那様、今日は外廻りの前に書き物をなさる日でございましょう」

「お察しのとおりだぜ」

「御用繁多なれば中食《ちゅうじき》を召し上がる暇もない……それもいつものとおりでしょ」

「やれやれ。相変わらず察しがいいな」

「左様に存じましたので、ご用意をしておきましたよ」

臨月が間近の腹の上から手を回し、綾女が差し出したのは小ぶりの包み。

「こいつぁすまねぇな」

「お徳《とく》さんに任せきりにしないで、少しは手伝ったんですよ」

「かっちけねぇ、あり難く頂戴するぜ」

十蔵は重ねて礼を述べ、心づくしの弁当を受け取った。

二度目の所帯を持ってからの十蔵は、花も実もある毎日だ。

この幸せな日々を守るためにも、御役目に励まねばなるまい——。

木戸門を潜って表に立つと、隣の組屋敷から壮平が姿を見せた。

「よぉ、壮さん」

「早いの、八森」

挨拶を交わす二人が着流しに重ねているのは、黒の三つ紋付。

壮平の家紋は、丸に三つ引《びき》。

十蔵は二匹のヤモリが向き合った、珍しい形の紋である。

共に黒紋付の裾を内に巻き、帯を締めた腰の後ろに挟んでいた。このようにすれば刀の鞘が裾に絡むことなく、見栄えが良い上に動きやすいのだ。市中で発生した事件を捜査し、咎人を追うために機動性が問われる廻方の同心たちにのみ許された、巻き羽織《ばおり》と呼ばれる着こなしだ。

本来の装いに身を固め、赴く先は呉服橋《ごふくばし》御門内の北町奉行所。

隠密廻の御役目は、事件を追うことだけではない。

最年長の立場として廻方を統率する、筆頭同心を兼ねる身であるからだ。

廻方の同心で奉行と直《じか》にやり取りをすることを許されているのは十蔵と壮平のみのため、定廻と臨時廻の面々が受け持つ案件の進捗《しんちょく》を取りまとめて報告し、指図を仰ぐことも欠かせない。

巣鴨村の一件は、奉行の正道に委ねたままになっている。

正道直々の調べによって男は大番頭《おおばんがしら》を務める大身旗本の次男坊、女は蔵前の札差備前屋《びぜんや》の一人娘であることが分かったものの、行方を晦《くら》ませた志田耕吾の所在は未だ不明。小石川の守山藩上屋敷に立ち寄った形跡もなく、調べは暗礁に乗り上げていた。

「……なぁ壮さん、物は相談なんだがな」

「奇遇だな。私からも話があるのだ」

十蔵と壮平は出仕の足を止めることなく、歩きながら言葉を交わしていた。

「で？　壮さんの話ってのは何なんだい」

「ご無礼ながら巣鴨の一件、いつまでもお奉行任せにはしておけぬ」

「へっ、壮さんも痺れが切れてたのかい」

十蔵は意を得たりとばかりに微笑むと、厳めしい顔を引き締めた。

「お奉行が互いの父親から訊き出しなすった話によると、殺された白根和真《しらねかずま》と千冬《ちふゆ》は相思相愛の仲を裂かれちまったばかりだったんだってな」

「双方の父親ばかりか奉公人まで犬猿の仲であったとなれば是非もあるまいが、不憫なことぞ」

「白根家の当主の左京《さきょう》にゃ和真付きの中間が、備前屋のあるじの信十郎《しんじゅうろう》には千冬付きの女中が告げ口しやがったらしいぜ」

「武家も商家もお家大事は同じと申せど、罪な真似をしたものよ」

「それから和真は昌平黌通《しょうへいこう》い、千冬は茶の道の稽古にかこつけて、誰にもお供をさせねぇで忍び逢ってたようだ。行きつけの汁粉屋のおかみの話じゃ、せっかく奥に部屋があるのに何もしねぇで、いつも話をするだけで帰ったそうだぜ」

「おぬし、いつの間にそこまで調べを付けたのだ？」

「痺れが切れたって言っただろ。お奉行任せじゃ埒が明きそうにねぇんで、ちょいと訊き込みをしてきたのさね。備前屋と張り合ってる、備中屋《びっちゅう》藤兵衛《とうべえ》って札差のこたぁ知ってるかい」

「備前屋の隣に店を構えておる男だな。おぬしと巣鴨へ参る前に姿を見かけたの」

「その備中屋の次男坊が、千冬の幼馴染みだったんだよ。親父は商売敵でも、子ども同士はそうじゃなかったらしくてな……ちびの頃から仲が良かったそうで、涙ぐみながら話を聞かせてくれたぜ」

「その男、疑わしいの」

「裏は取ったよ。和真と千冬が殺された時分に外出はしちゃいねぇ。駕籠はもちろん猪牙《ちょき》を飛ばしても、巣鴨と行き来はできめぇ。それにな壮さん、備中屋の与次郎《よじろう》っていう次男坊は、そもそも女を受け付けねぇ質なんだよ」

「衆道《しゅどう》か」

「親父の藤兵衛も承知の上だとよ。店を継ぐのは長男坊の兄貴だし、与次郎も商いの手伝いはきっちりこなしてるんで、大目に見られているそうだ」

「……同じような話は、どこにでもあるのだな」

「それじゃ、壮さんも聞き込みをしてたのかい」

「うむ。和真殿の竹馬の友で、黒崎士郎《くろさきしろう》と申される部屋住みだ」

「黒崎っていや、大番組頭《くみがしら》に居たよな」

「左様。大番頭の白根左京様がご配下の一人、黒崎内記《ないき》様のご次男ぞ」

「その士郎ってのが、和真の知り合いなのかい」

「同じ町の道場に通い、共に竹刀打ちを学んでおられたそうだ」

「ほんとかい」

十蔵はどんぐり眼を丸くした。

「同じ大番と名が付いても白根は役高五千石の大番頭で、大番組頭の黒崎はたったの六百石だ。その黒崎家の士郎さんはともかく、先祖代々の家高だけでも四千石取りの白根家のお坊ちゃんが、ヤットウしか教えねぇ町道場に通ってたのかよ」

「いずれにしても、三十俵二人扶持の我らとは格が違うがの……」

壮平は苦笑交じりにつぶやくと、十蔵の疑問に答えた。

「和真殿はお父上の左京様が入門させた柳生《やぎゅう》のご一門にはどうしても馴染めず、たまさかに目に留まりし町道場で士郎殿の竹刀打ちに魅入られて、元服前まで内緒で通うておられたらしい。もとより町場の小さな道場なれば、月謝も束脩も和真殿の小遣いで十分に賄えたそうだ」

「やっぱり、前髪を落としてから後は行っちゃいねぇか」

「何故に分かるのだ」

「和真の鬢には面擦れが見当たらなかっただろ」

「うむ」

「黒崎の士郎と付き合いがあったのは元服前の、ほんの一時だけってことさね。それに父親が同じ旗本、同じ大番の御役目でも立場にゃ天と地の開きがあるんだろ。がきの時分に仲が良かったとしても、今となっては反りが合うはずもあるめぇ。壮さんが話を訊いた時、士郎は憎々し気な素振りだったんじゃねぇのかい」

「察しのとおりぞ。悪しざまに、天罰があたったかのように言うておられたよ」

「で、和真が陰腹《かげばら》を切った態で殺されちまった時分に士郎は何をしてたんだい」

「道場にて稽古に終日勤《いそ》しみ、一歩も外に出てはおられぬ。道場主の浪人のみならず門人衆にも確かめたことだ」

「そんなら与次郎と同じで、白と判じるしかねぇか」

「やはり、手を下したのは」

「志田耕吾って見なすしかあるめぇよ」

「何を措《お》いても、志田を捕えねばなるまいの」

壮平は決然とつぶやいた。

その上で、十蔵に向かって問いかける。

「ところで八森」

「何だい」

「和真殿と千冬が汁粉屋で忍び逢うておったと申すのは、まことなのか？」

「おかみに裏を取ったって言っただろ」

「もとよりおぬしに抜かりがあるとは思うておらぬ。互いに初心《うぶ》なはずなのに、よく目を付けたと思うてな」

「知ってるはずがねぇだろ。千冬に勧めたのは与次郎だよ」

「そういうことか……」

壮平が合点して頷いた。

江戸の町に多い汁粉屋は、ただの甘味処ではない。

何も知らない小娘や親子連れが舌鼓を打つのは入れ込みの板敷きだが、奥に入ると襖で仕切られた小部屋が設けられており、人目を憚《はばか》る仲の男女が一つ床で情を交わすことができるのだ。汁粉代に添える部屋の借り賃を弾めば、男同士であっても文句は言われまい。

「備中屋の次男坊は、与次郎と申すのか」

「ああ。跡を継いでもやっていけそうな、目端の利く野郎さね」

「千冬の幼馴染みであったのだな」

「がきの時分から女にゃ興味がなかったみてぇだし、身代込みで口説かれるのにうんざりだった家付き娘も安心して付き合えたし、勧めに従って汁粉屋で和真と逢うこともしなかっただろうよ。どうして床入りまでしなかったのかは解せねぇがな」

「千冬はもとより和真殿も仲が続いておると家人に気取らせぬため、早々に帰宅することを心がけていたが故であろう」

「親父や奉公人の目を盗んで、ちょいちょい会うだけでも精一杯だったたってことかい……やりてぇ盛りの若え二人が、辛かっただろうなぁ」

「つくづく不憫なことぞ」

「全くだぜ」

「したが、その辛抱も水泡に帰してしもうた」

「殺された前の日から戻らずじまいになっちまったもんで、白根のご家中も備前屋の奉公人も、血眼になって探し廻ったそうだぜ。後の祭りとも知らねぇで、お目出度い奴らだぜ」

十蔵は憮然とつぶやいた。

「俺たちが何もしなけりゃ、この一件は若え二人が思い詰めての心中沙汰ってことで落着するこったろう。だけどよ壮さん、俺ぁこのままじゃ得心できねぇぜ」

十蔵の怒りを込めたつぶやきに、壮平は頷き返す。

続いて返す言葉にも、強い怒りが込められていた。

「和真と千冬が綺麗な体でおったのは、生きて添い遂げることを諦めていなかった証しに相違ない……それを志田耕吾が殺害し、相対死を装うたのだ」

「捕えたらどうするね？」

「申すまでもあるまい。真実を明らかにせし上で、万難を排してでも罪に問う」

「へっ、それでこそ俺の女房役だぜ」

「埒も無いことを申すな。綾女殿を泣かせては相ならぬぞ」

「壮さんこそ、志津さんにこれ以上の不義理はいけねぇよ」

「わ、分かっておる……」

声を潜めて語り合いつつ、十蔵と壮平は進みゆく。

呉服橋の御門を渡った先は北町奉行所だ。

老いに負けじと御役目に専心する甲斐のある、華のお江戸の護り所《どころ》だ。

北町の隠密廻として、十蔵と壮平が担う御役目は数多い。

一件の殺しにばかり力を注ぎ、時を費やすわけにもいくまい。

それでも手を掛けずにはいられなかった。

このままでは死んだ二人が浮かばれまい。

真相を明らかにせずにはいられない。

十蔵も壮平も、思うところは同じであった。

四

北町奉行所の同心部屋は、中庭に面して設けられている。

連なる窓から暖かな日差しを取り込み、今日もぽかぽかと心地よい。

「ん……」

十蔵は欠伸《あくび》を嚙み殺し、閉じかけた目を開いた。

穏やかな秋の日中は眠気に誘われやすい。

新妻の心づくしの弁当を平らげたばかりとあれば尚のことだが、御用繁多な隠密廻に居眠りを決め込む暇はない。

まして今は、何より気になる事件を抱えているのだ——。

「そろそろ出張《でば》るぜ、壮さん」

十蔵は野太い声で隣の席に呼びかけた。

「しばし待て、八森」

呼びかけに応じたのは壮平だ。中食もそこそこに筆を執り、上席に十蔵と並んで置かれた机の前で膝を揃えていた。

今年で六十五の壮平は、十蔵より一つ下。

髪はすっかり白くなったが、端整な顔立ちは出会った頃から変わらない。

「おぬし、書き物は済んだのか?」

手にした筆を止めることなく、壮平は十蔵に問い返す。

「ああ」

「いつもながら仕事が早いな」

「へっ、壮さんと違って大雑把《おおざっぱ》なだけさね」

厳つい顔を綻ばせ、十蔵は苦笑い。

十蔵の文机《ふづくえ》に置かれた書類は、すでに墨が乾いていた。

眠気に屈する前に書き上げた内容は簡潔。

『古物買之儀《こぶつがいのぎ》』と題した内容が箇条書きにされている。

対する壮平の書類は、微に入り細を穿《うが》ったものだった。

「お奉行から急き前《せまい》で見せろって言われてた書類《やつ》かい」

「御菓子司《おかしつかさ》の儀だ」

「千代田の御城に納める御菓子《もん》を拵える人手が足りねぇんで、市中の主だった菓子屋から職人を差し出せって話だろ」

「左様」

「そのことだったら、皐月に町触《まちぶれ》が出てるじゃねぇか」

「あれは水無月《みなづき》の嘉祥《かじょう》の儀に備えてのことぞ」

「それじゃ、今度は？」

「月が明くれば、すぐに玄猪《げんちょ》ぞ」

「亥《い》の子餅《こもち》かい。嘉祥と同じで、上様から大名諸侯が頂戴するんだろ」

「のみならず、大奥に鳥の子餅と萩の餅も御納め致さねばならぬのだ」

「二度まで無理を強《し》いるのかい」

「左様に申すな。我らは軽輩なれど御公儀の禄を食《は》む身ぞ」

口が過ぎる十蔵に釘を刺しながらも、壮平の筆は止まらない。

細面の顔立ちと同様に端整な楷書《かいしょ》で速やかに、報告書を仕上げていった。

「それじゃお奉行はどうあっても、またぞろ町触を出そうってんだな」

「なればこそ、私が事前に調べを付けたのだ」

「御用熱心になりなすったのはいいこったが、ちょいと阿漕《あこぎ》が過ぎるだろうぜ」

「もとよりお奉行も無理はご承知の上ぞ。されど、こたびは玄猪が控えておる故な」

「前と同じく市中の菓子屋任せでは、こたびは職人が集まるまい」

「それで日本橋《にほんばし》界隈の町名主を動かそうってわけだ」

「菓子に限らず、渡りの職人は存外に多いものぞ」

「亥の子餅か……あれも存外に、手の込んだ御菓子《もんがし》だよなぁ」

「なればこそ手抜かりがあっては相ならぬと、お奉行は考えておられるのだ」

筆の運びが澱《よど》みないのは、綴《つづ》るべき内容が頭の中で組み上がっていればこそ。

壮平は締めの一文を書き終えるや筆を片付け、腰を上げた。

「されば参るか」

「いいのかい？　お奉行はおっつけ千代田の御城から戻ってきなさるぜ」

「ご報告申し上ぐるのは、戻ってからにしようぞ」

「それもそうだな。下城なすって早々に押しかけたら、内与力の連中に嫌な顔をされちまう」

精悍な顔を綻ばせ、十蔵は頷いた。

斯様に御用繁多ではあるものの、巣鴨村の一件は捨て置けない。

正道も同じであってほしいと、切に願って止まずにいた。

五

二人は連れ立って同心部屋を後にした。

「めっきり涼しくなったなぁ」

「まことだな」

取り留めも無いことを言い合いながら廊下を渡り、向かった先は奉行所の奥。

与力と同心が詰める役所とは棟続きの、町奉行と家中の人々が暮らす役宅だ。

壮平が書類の仕上げにかかりきりになっている間に正道は下城に及び、御城中での装いである裃《かみしも》から常着の羽織袴に着替えを済ませていた。

「おぬしたち。近頃は迎えに出て参る暇もないらしいの」

二人の顔を見るなり苦言を呈する正道。

還暦を迎えてなお張りのある肌をした、恰幅《かっぷく》の良い人物である。

「申し訳ございやせん」

敷居際から詫びる十蔵と共に、壮平は折り目正しく頭を下げる。

「よろしゅうございまするか、お奉行」

「構わぬぞ、入れ」

「ご免」

「ご無礼致しやす」

壮平に続いて十蔵も敷居を越え、正道の前に並んで膝を揃えた。

正道にお付きの内与力たちは二人と入れ替わりに退出済み。

内心では目障りに思っているに相違あるまいが、主君の正道が北町奉行の御役目を全うする上で、この二人の存在が必要不可欠と分かっているのだ。

「こちらをご査収願い上げまする」

「大儀」

正道は差し出された書類の束を受け取ると、壮平の労をねぎらった。

「で、お願い申し上げたことでございやすがね」

「これ、急《せ》くでない」

勢い込んで問いかける十蔵を軽くいなし、正道は速やかに目を通す。

書類を置いて顔を上げ、無言で膝を揃えた二人に視線を戻す。

「おぬしたちに請け合《お》うたとおり、新たに手がかりを訊き出して参った」

「かたじけのう存じ上げまする」

「かっちけねぇ、お奉行」

「礼には及ばぬ。これも身共の役目である故な」

口々に謝意を述べた二人に笑みを返し、正道は背筋を伸ばす。

もとより脇息《きょうそく》は用いることなく、座した後ろに置いてあった。

「まずは守山二万石じゃ」

「大学頭様にお目にかかれたんですかい？」

「うむ。朝駆けで小石川まで出向いての、無礼を承知で目通り願った」

「流石はお奉行、やる時はやってくださるお方だねぇ」

「黙りおれ。褒めたところで何も出さぬぞ」

十蔵の軽口をいなすと、正道は続けて語った。

「おぬしたちも知ってのとおり、大学頭様は菊作りを尊ばれるのが御家風だ。三代目……守山二万石の御当主としては二代目の、松平頼寛《よりひろ》様以来のことぞ」

「仄聞しておりまする」

壮平が控え目に相槌《あいづち》を打った。

「その御家風は代を重ねるほどに強まりて、御家中の士は菊の花を作ることを通じて心身を練らねばならぬ、という次第になっておるようじゃ」

「それじゃ、志田がやってたことは……」

「由々しき大事と申さざるを得まい」

「大事な菊を見世物にするなんざ、以ての外《ほか》ってんでございやしょう」

「故に御役御免となり、御家中から放逐《ほうちく》されたのだ」

「それがどうして、あんなことを引き起こすに至っちまったんですかい？」

「もとより大学頭は御存じあるまい」

「さもござり申そう」

「帰りがけに話を訊いた用人が申すには江戸詰めとなりて茶屋酒の味を覚え、勘定の払いに行き詰まった末のことだそうじゃ」

「茶屋女と遊ぶ金欲しさに、腕に覚えの菊作りで稼ぎ始めたわけですかい」

「当節は巣鴨と染井の両村に限らず、菊細工が諸方で人気を集めておるからの。何処の植木屋においても引っ張りだこであったそうじゃ」

「行方知れずになったもんで、困りきってる店も多いそうでございやすよ」

「おぬしも調べておったのか」

「お奉行任せじゃ面目が立ちやせんので、存じ寄りに頼みやした」

「組屋敷で間借りをさせておる、由蔵《よしぞう》とやらを使うたか」

「由の字の奉公先は手広く商いをしておりやすんでね、なまじの岡っ引きより調べの役に立ちやすよ」

「されば、志田めの居場所も分かると申すか」

「おおむね目星はつきやした」

正道の問いかけに、十蔵は自信を込めて答えていた。

「その様子では、和田も裏で調べておったのか」

「勘六に動いてもらっており申した」

「おぬしは指図をしただけか？」

「……寸暇《すんか》を惜しんでのことなれど、訊き込みをしており申した」

互いに隠していたことが明るみに出て、十蔵と壮平は苦笑い。

頃や良しとばかりに正道が言った。

「おぬしたち、本日は退《ひ》けても構わぬぞ」

「お奉行？」

「ほんとですかい」

戸惑う壮平をよそに、十蔵がどんぐり眼《まなこ》を輝かせた。

「二言は申さぬ。早《はよ》う行け」

「へいっ」

「ご免」

同時に腰を上げた二人は、敷居を越えて去ってゆく。

「しかと頼むぞ、おぬしたち」

座して見送る正道は、巣鴨村の一件を巡って起きようとしている、由々しき事態を危惧していた。

亡骸を菊人形にされた旗本と町娘の親たちの対立である。

武官として大番組に属する白根左京は、将軍家から所領を与えられた、五千石取りの御大身だ。

当人は蔵米取りではないために札差と付き合いはなかったが、配下の小旗本たちが重ねた借金に苦しめられているのは知っており、将軍家御直参の威光を屁とも思わぬ商いぶりには腹を立てていた。

それが事もあろうに次男坊が蔵前でも大店の備前屋の家付き娘を相手に、心中紛いの最期を遂げてしまったのだ。

家督を継げぬ次男坊でも、大事な息子であるのに代わりはない。

家名を汚す真似をしたのは、我が儘勝手に育った馬鹿娘に口説《くど》かれたが故のことに相違あるまい——。

相手の親に激しく怒りを燃やしていたのは、備前屋のあるじの信十郎も同じだった。

札差は日頃から、顧客の旗本と御家人を軽んじながら利を得ている。

そして食い物にされる旗本と御家人も、徳川家の臣として忠義に生きた先祖の気概を汚す浅ましさを憚ることなく示して止まずにいるのだ。

札差の客にはならない御大身の旗本も、一皮剝けば変わるまい。

そんな信十郎の慢心に水を差したのが、一人娘の無残な最期。

白根家の次男坊が可愛い娘をそそのかし、守山藩士くずれの菊作り名人を使って仕組んだことに相違ない――。

若い二人が密かに想い合っていたことなどつゆ知らず、双方の抱く怒りは今にも火を噴こうとしている。

我が子たちを亡き者とした可能性が高い志田耕吾ではなく、互いの親を仇と目してしまっているのだ。

双方がぶつかり合う前に、真相を明らかにせねばならない。

これは時間との戦いであることを、十蔵と壮平はもとより承知していた。

六

「旦那がた、お待ちしておりやした」

奉行所を出た二人に、若い男が声をかけてきた。

恩義を受けた十蔵の下で探索役を務める由蔵だ。

「急いでくだせぇ……」

続いて姿を見せた勘六も、言葉少なに二人を急かした。

「志田の行先が分かったんだな、由の字？」

「備前屋と張り合ってる札差の店に裏から入っていくとこを見届けやしたよ。八森の旦那のご推察どおりでございやす」

由蔵と話す十蔵の傍らでは、壮平が勘六に問うていた。

「あやつが出入りをしておったのは、大番組の白根様がお屋敷の中間部屋に相違ないのだな？」

「左様で」

「……堅気になったが聞いて呆れる」

「ああいう野郎を、金の亡者って言うんじゃないですか」

「おぬしの申すとおりだの」

ぼそりと言った勘六に、壮平は頷き返す。

「壮さん、とっとと埒《らち》を明けようぜ」

「心得た」

十蔵に向かって答える声にも、静かな怒りが滲んでいた。

「俺も運が向いてきたぞ……」

西日の下を歩きながら、その男は嬉々としてつぶやいた。

久々に手にした小判で懐は暖かい。

腰にしなくなって久しい刀と脇差を帯びてきたのは、相手に軽んじられまいとしてのことである。久方ぶりに羽織袴に身を固め、いつもの菊作りに勤しむ姿とは別人の如く装っていた。

「待ちやがれ若造、それで七方出をやってるつもりかよ?」

無礼千万に呼び止められたのは、蔵前から黒船町に入ってすぐだった。

「町方の木っ端《こっぱ》役人か」

黄八丈に黒紋付を重ねた姿を目にするなり、志田耕吾は鼻白む。

「うぬら下郎《げろう》に十手を向けられる覚えはないぞ。立ち去れ」

「安心しな。てめぇなんぞに向けやしねぇよ」

憮然と告げた耕吾に、白髪頭の同心はにやりと笑った。

間合いを詰めざまに繰り出したのは大きな拳。いつの間に取り出したのか、万力鎖を握り込んでいた。

「ぐわっ……」

刀を抜き打つより早く、文字どおりの鉄拳がみぞおちにめり込んだ。

「へっ、刀も碌に抜けねぇのか」

気を失う間際、野太い声が耳朶《じだ》を打つ。

「陸奥守山のご家中じゃ、武芸修行は各々勝手だそうじゃねぇかい。金稼ぎの菊作りなんぞに手を染めず、ちったぁ真面目に武士の本分に勤しんでおくべきだったなぁ」

「お、おのれ……」

「目が覚めたら小石川のお屋敷だ。最期ぐれぇ武士らしく、腹ぁかっさばいて果てるがよかろうぜ」


壮平が巣鴨に着いた時、すでに日は沈みかけていた。

「和田の旦那？」

「おぬし、今日も地道に稼がしていただきやしたよ」

「へい、今日も地道に稼がしていただきやしたよ」

笑顔で答える新七は菊作りを手伝う際の野良着姿。

頬に土をつけたまま、人の好さげな笑みを浮かべていた。

対する壮平は、にこりともしていない。

「大儀なことだな、おぬし」

「そんなことはございやせんよ」

「左様なことはあるまいぞ。稼ぎ口が二つもあっては、さぞ難儀であろう」

「旦那？」

戸惑う新七を、壮平は冷ややかに見返していた。

「白根様の中間部屋には参るに及ばぬ。おぬしが行先は小伝馬町《こでんまちょう》ぞ」

「な、何を言ってなさるんで？」

「志田はすでに御縄にされておるはずぞ。次はおぬしの番だ」

「何だと、サンピン」

「その口上を聞いて、昔のおぬしを思い出したぞ。箸にも棒にも掛からぬ三下が」

「黙りやがれっ」

新七は一声吠えるや、野良着の腰に手を伸ばす。

抜き取ったのは鎌である。

黒光りする刃が走るより速く、壮平は近間に踏み込んだ。

体《たい》の捌きで鞘が引かれ、抜き打つ刀が胴を打つ。

「安心せい。これは刃引きぞ」

壮平が淡々と告げた時、すでに新七は気を失っていた。

とんぼ返《がえ》りて

一

十蔵は小石川を訪れていた。

文字どおりの鉄拳の一撃によって失神させた耕吾を小石川まで連れて行き、守山藩上屋敷に引き渡すためである。

職を辞して浪人となった武士は、新たな仕官の口を見つけるまで、前の主家に監督される立場である。

致仕《ちし》するに至った以上、前の主君は俸禄を含めた一切の世話を見るには及ばないが罪を犯した時だけは責任を取らせなければならない。

「ううっ……」

「いま少しぞ、苦しかろうが辛抱せい」

目を覚ましかけて呻く耕吾を、日頃は使わぬ武家言葉で黙らせる。

すでに日は沈み、坂道が多い小石川の一帯には夜の帳《とばり》が下りていた。

守山二万石の松平家が上屋敷を構える地は、小石川の大塚吹上《おおつかふきあげ》。

本家の水戸徳川家が後の世の後楽園《こうらくえん》駅を含む一帯を占めていたのに対し、松平家の最寄りは茗荷谷《みょうがだに》駅だ。歩道も広い春日《かすが》通りは通行しやすく、苦もなく後楽園と行き来のできる距離だが、十蔵は町人地と武家地が入り混じった直中を、辻番の目を気にしながら通り抜けねばならなかった。

辻番所は戦国乱世の遺風が続いていた寛永《かんえい》年間、相次いだ大名家の取り潰しが原因となって横行した辻斬りや夜盗に対処すべく、大名と旗本が共同で運営し始めた番所のことである。護りを固める辻番には腕利きの足軽が各家中から選ばれ、不審な者に抵抗された場合は斬り捨てても差し支えなしとされていた。

「何としたのだ、連れの者は病人か？」

大塚吹上に入る手前の十字路にて十蔵を呼び止めた四十男の辻番も、刀槍《とうそう》の扱いに通じていると一目で分かった。

「お気遣い痛み入る。ちと悪酔いをしただけなれば大事はござらぬ」

「まことか？　酒など匂わぬようだが」

「さもあり申そう。坂下まで船に乗せて参り申した故」

十蔵は素っ気なくも礼儀正しく、六尺棒を手にしたまま問いかける辻番に答えた。

「おぬし、この者の朋輩《ほうばい》か」

「同じ店に居合わせただけにござれど見捨ててはおけず、送って参り申した」

「それは殊勝《しゅしょう》な心掛けぞ」

辻番は感心したようにつぶやくと、六尺棒を番所の前にそっと置く。

ありふれた棒でも粗略に扱わぬのは、心がけが良いからだ。

足軽は同心の半分に当たる、十五俵一人扶持の軽輩である。

いざ合戦となれば槍に弓、鉄砲と隊に分かれて従軍し、敵の大将に一騎打ちを挑むことなど望むべくもなかったが、この男はそこらの旗本より明らかに腕が立つ。

当節は大名も旗本も内証が苦しくなる一方で、大半の辻番所は身寄りのない老人が形だけ詰めるようになってきたが、斬り捨て御免の制度は未だ有効。気骨のある大名家では未だ屈強な足軽を番人に選び、事あらば刀を抜いても構わぬと指図をしているという。町奉行所に協力的な自身番と違って、付き合い難い上に剣呑《けんのん》だ。

十蔵はもとより刀の扱いは不得手である。

組み討ちに持ち込めば制することは可能だろうが、穏便に済ませたい。

「酒気《しゆき》が抜けた代わりに、船酔いをしたということだな」

どうしたものかと思案する十蔵に、辻番は念を押す。

「左様にござる」

「されば是非には及ぶまい。今はそれがし一人なれば、番所内にて休んでもろうても構わぬぞ？」

存外に親切な質《たち》らしい。

しかし夜も更けゆく中、いつまでも悠長にしてはいられない。

「ううっ……」

耕吾がまた呻き声を上げた。

放っておけば目を覚まし、騒ぎ立てるのは必定。速やかに物陰に連れ込んで、また一撃を喰らわせねばなるまい。

「かたじけない。お志だけ頂戴つかまつる故。これにてご免」

白髪頭を下げて礼を述べ、十蔵は歩き出す。

目指すは守山藩上屋敷。

二度目の一撃は浅く眠らせるに留めたため、万力鎖を握り込むには及ばなかった。

守山二万石の松平家は参勤交代を課せられない、江戸定府の大名だ。

当代の松平大学頭頼慎も小石川の上屋敷で暮らしていたが、もとより十蔵は会ってもらえるとは思ってもいなかった。

二

「志田耕吾を拘束せし町方と申すのは、おぬしのことか？」

門番の知らせを受けて姿を見せたのは、ごま塩頭の用人だった。

「仰せのとおりでございやす、ご用人様」

「その伝法なる物言い、年季が入っておるようだの」

十手を見せるまでもなく、本物の町方役人と認められたらしい。

「入られい」

門番たちに遠慮をさせ三浦《みうら》と名乗った用人は、玄関の脇の板敷きに十蔵を通した。

「お構いもでき申さぬが、許されよ」

「お気遣いにゃ及びやせんよ。どっちみち早々に失礼しやすんで」

本来のくだけた口調で答えつつ、十蔵は用人を見返した。

十蔵より若いが、五十の半ばは過ぎている印象。

この三浦は用人にありがちな江戸雇いではなく、国許から出府した藩士だろう。

訛《なま》りが出にくい武家言葉を使っていても、どことなく察しは付いた。

流石は守山二万石、良い人材を抱えているようである。

守山藩は石高こそ少ないものの、藩の内情は安定していた。

意のままに帰国するのが叶わぬ分だけ頼慎は国許への配慮を怠らず、先々代の当主だった祖父の頼寛以来の菊作りを尊ぶ一方、藍玉《あいだま》作りに紅花《べにばな》の栽培、養蚕《ようさん》といった実入りの良い副業を領内の農民に営ませ、農閑期に編んだ菅笠の売買を円滑にするために会所を設置した上で、材料に要する元手を無利子の長期返済で融資するなどの善政を行っているという。

難を挙げれば、尚武の気風に乏しいことだ。

菊作りと共に学問も好んだ頼寛が藩校として上屋敷内に設立した養老館《ようろうかん》では和漢の書を教えるのみで、武術の教授は行っていなかった。

個々に選んだ一門で学ぶことは差し支えなく、武術に限らず学問も和漢のみで不足とあらば、蘭学に取り組んでも構わない――。

自主性を重んじていると言えば聞こえは良かろう。

しかし、それでは真の武士は育つまい。

これはと見込んだ武術家を招聘《しょうへい》し、家中の若い者たちには刀に限らず槍に弓、馬術に柔術と偏《かたよ》りなく腕を磨かせなければ、学び舎を設けた意義はない。

余計なお世話と分かっていながら懸念を抱いた十蔵に、三浦が告げてきた。

「ご足労をおかけ申したが、これにてお引き取り願おう」

「へい、それじゃご免なすって」

十蔵はそそくさと席を立った。

「待たれよ」

「……何でございやすかい、ご用人様」

「その者を連れ帰るのを忘れておるぞ」

唖然と見返す十蔵に、三浦は続けて言った。

冷たい眼差しを向けた先には耕吾。

二度目の一撃がまだ効いているらしく、板敷きの隅で横たわったままでいた。

「志田はすでに当家とは関わりなき身、寄る辺《べ》なき浪人として裁きを下されるように北のお奉行……永田備後守様にお伝え願おうぞ」

「そいつぁお門違いだぜ、用人さんよ」

十蔵は声を荒らげた。

「こいつぁ言わねぇでおこうと思ったんだが、仕方あるめぇ」

「何だ」

「こちらさんは巣鴨に下屋敷を構えていなさるだろ？」

「それが何としたと申すのだ」

「分からねぇのか。それともおとぼけをかまそうってのかい」

あくまで冷静な三浦に、十蔵は言い放った。

「志田の野郎が処も同じ巣鴨に住んでたのは、流石に知ってんだろ」

「……うむ」

「だったら妙な真似をしねぇように、日頃から目を配っとくことができたはずだぜ」

「…………」

「だんまりを決め込むつもりなら、もう一つの落ち度を言おうかね」

口を閉ざした三浦を、十蔵はじろりと見返した。

「この志田は菊を金稼ぎのネタにして大学頭様の怒りを買った身なんだろ？　それで浪人にされちまったのに懲りもしねぇで、同じことをずっと続けてきたのだぜ」

「む……」

「そういう具合に話が広まっちまったら困るのはお前さんじゃねぇのかい？　ご内証の算盤勘定だけじゃなく、江戸詰めの人事も預かってんだろう」

「ま、待ってくれ」

三浦が苦渋の面持ちで告げてきた。

釈明の言葉を並べ立てる代わりに取り出したのは紙入れ。懐紙《かいし》に加えて金子や印判も収められるように仕立てられた、後の世の財布と同様の役目を果たすものだ。

三浦は震える指で二分金を摘み取った。

懐紙に包み、十蔵に向かって差し出す。

「何でぇ、そりゃ」

「研《と》ぎ代として収めてもらおう」

「それで二分かい」

十蔵は渋い顔をして言った。

「北の誰ぞに介錯《かいしゃく》をさせて、研ぎ代に渡してくれって言いてぇのか」

「さ、左様に願いたい」

「恥も外聞もありゃしねぇな」

「無い袖は振れぬと申すであろう」

「まさか言うに事欠いて、ご家中にゃ介錯のできる奴がいないってんじゃねえだろな」

「…………」

図星らしかった。

「仕方ねぇなぁ」

十蔵は大きく息を吐いた。

腹立たしい顚末《てんまつ》は、考え直せば好機の到来。

浪人は元の主家にて断罪されるのが習いであるが、町奉行に裁きを委ねることも不可能ではない。

正道が頼慎と面談に及び、言質《げんち》を取ればよいのだ。

さすれば耕吾を生き証人として活用できる。

黒幕の悪旗本と札差を裁きの場へ引きずり出し、しかるべき罪に問うために、役に立たせることができるのだ。

白根左京と備前屋にとって、耕吾は大事な息子と娘の命を奪った怨敵《おんてき》。

腕に覚えの左京としては、自ら斬り捨ててやりたいことだろう。

しかし、それでは大きな悪を逃してしまう。

しばし怒りを抑えるように、正道から話をしてもらう必要がある。

「北のお奉行、大忙しになっちまうな」

「何としたのだ、八森殿？」

三浦が不安そうに問うてきた。

名前で呼ぶ程度には、殊勝になってくれたらしい。

「いや、災い転じて何とやらだと思ってな」

「……要らざる雑作を掛けて相すまぬ」

更に殊勝な面持ちで三浦はつぶやいた。

十蔵も御用繁多であることに、ようやく察しがついたのだろう。

守山二万石の内証を預かる用人も、気楽に日々を過ごせる身ではあるまい。

ならば互いに邪魔をせず、それぞれ為すべきことを全うするのみだ
「もういいぜ、三浦さん」

十蔵は取りなすように微笑んだ。

「志田は大番屋から小伝馬町の囚獄《しゅうごく》に送っておくよ」

「か、かたじけない」

「へっ、いいって言ってんだろ」

　十蔵は白い歯を見せた。

　どんぐり眼に浮かぶ光も穏やかであったが、もとより造りの厳めしい顔を綻ばせたところで喜ばれはしないだろう。

　だが、それでよい。

　十蔵が破顔一笑《はがんいっしょう》したのは、新たな悪との対決に期待を抱いたが故のこと。

　悪しき企みを暴き立て、張られた罠を破って逆に追いつめる。

　そこに喜びを感じるが故、十蔵は町方役人を続けてきたのだ。

　親子ほど年の違う新妻を娶《めと》り、六十を過ぎて父親になろうとしていながらも、この性分ばかりは治るまい——。

三

　晩秋の夜はとっぷりと更けていた。

　濃さを増した闇の中、規則正しい櫓音《ろおと》が聞こえてくる。

　神田川《かんだ》を下《くだ》りゆくのは一艘の猪牙。

　向かい風の吹き付ける中、櫓を握っているのは十蔵だ。

川面《かわも》を渡り来た風は、水の冷気を孕《はら》んでいる。

暑い盛りは心地よいのが、今は涼しいのを通り越して身に染みる。生来の寒がりである十蔵にとっては尚のこと、骨身に堪える冷たさだった。

「あー、寒《さみ》い寒い……」

ぼやきが止まぬ十蔵は、六尺手ぬぐいで頬被りをしていた。

冷たい川風に閉口させられながらも、どんぐり眼を輝かせている。

「さーて、またぞろ忙しくなりそうだぜ」

闘志を込めた十蔵のつぶやきに応じる者はいない。

耕吾は三度めの鉄拳をみぞおちに受け、未だ意識のないままで転がされていた。

「戻ったらお奉行に礼を言わなくっちゃなるめぇなぁ。前々から俺たちに猪牙を預けといてくれたおかげで、腰を痛めずに済んだぜ……」

感謝の面持ちでつぶやく十蔵は、黒紋付を着ていなかった。

黒染めの黄八丈の裾を端折り、たくましい腿を剝き出しにしていた。

大小の二刀は解いた下緒《さげお》で一つに束ね、誤って踏まないように脇へ寄せてある。黒紋付は目立つ家紋を隠して畳み、二刀と重ねて置いてあった。行きの船中においても同様に細工を施し、他の船が来合わせた際に備えたのだ。

戦国乱世に七方出と呼ばれた、忍びの者の変装術は常の姿――平素の装いを含めた七変化である。

廻方同心の常の姿としては黄八丈の着流しに二刀を帯び、黒紋付を巻き羽織にするのが正しいが、一目で町奉行の配下と分かる装いをして出歩くことは避けたい。

故に小石川までの道中で黒紋付を着けず、悪酔いに加えて船にも酔った耕吾を送り届ける態で押し通したのだ。

十蔵と壮平は表向き、奉行所で何の役職にも就いていないことになっている。定廻から隠密廻となった後は一線を退き、奉行所内にて廻方のまとめ役をしているとしか世間の人々は見なしていなかった。

人目を忍んで御役目を務める隠密廻としては、都合のいい話である。

耕吾の身柄を守山藩に引き取らせるためには廻方の同心らしく立ち振る舞うことが必須と判じ、不浄役人と侮《あなど》りながらも無視のできない御成先御免の着流しに黒紋付を重ねて用人の三浦と対面したのだが、話は思わぬ形となった。

「やり合う相手は旗本に札差か……へっ、面白くなってきやがったぜ」

抑えきれない笑みを浮かべつつ、十蔵は猪牙を漕ぎ進める。

細い舳《へさき》が反《そ》り返った猪牙は書いて字の如く猪《いのしし》の牙に似た姿をしており、船足が速い代わりに揺れが激しい。

秩父の山中で知り合った平賀源内《ひらがげんない》に見込まれて弟子入りし、江戸に連れて来られるまで船に乗る折がなかったとは思えぬほど、慣れた動きだ。

源内は本草《ほんぞう》学者の域を超えた天才でありながら奇行に及ぶことも多かったため目が離せず、用心棒を兼ねて諸方へ同行する内に、自ずと覚えたことだった。

黄八丈の裾を端折った十蔵は、太い足を剝き出しにしていた。

川面を渡り来た風は、先程よりも強い冷気を孕んでいる。

「あー、寒い寒い」

ぼやきながらも櫓を押す動きは止まらない。

船を使ったのは正解だった。

首尾よく耕吾を生け捕っても、辻駕籠で運んでは怪しまれる。

故に十蔵は猪牙で黒船町まで出向き、耕吾を待ち受けたのだ。

老いても頑健《がんけん》な十蔵だが、大の男を一人、しかも失神させたのを背負って運ぶのは骨が折れる。

南北の町奉行所には壮平が帯びて出かけた刃引きなどの捕具《とりぐ》に加えて、船舶も配備されている。

八代将軍の吉宗《よしむね》が江戸に多い水難に対処すべく寛保《かんぽう》三年（一七四三）に完成させ、先丸《さきまる》に乙丸《おとまる》と命名した二隻の鯨船《くじらぶね》だ。

新大橋《しんおおはし》の東詰め近くに在る御船蔵《おふなぐら》の脇に専用の格納庫まで設けられ、南北町奉行所の本所深川《ふかがわ》見廻が交代で乗り込む鯨船は、吉宗の亡き後も補修を重ねて未だ現役。東国各地の河川が長雨で増水し、堤《つつみ》の決壊が相次いだ今年の夏は出番が多かった。

頼もしい威容を誇る鯨船には十蔵も乗ってみたいところだが、本所深川見廻より格の高い廻方といえども勝手は許されない。名君だった吉宗公の肝煎《きもい》りで、江戸の水難に対処するために造られた船であるからだ。

十蔵が用いた猪牙は、かねてより組屋敷の横手の河岸に常備していたものだ。

北町奉行所には昨年のある捕物で拿捕《だほ》し、正道の管理の下に置かれる運びとなった湯船《ゆぶね》がある。書いて字の如く中に湯船を備えた屋根船で、川伝いに巡回する移動式の湯屋であった。

その後も重宝してはいるものの、大型の船は取り回すのに難がある。

そこで十蔵は去る皐月に生きて江戸へ帰ってきた際、自分と壮平に一艘ずつ猪牙を預けてほしいと願い出たのだ。

十蔵の願いを正道は復職祝いとして快諾し、新品の猪牙が届いたのは先月のこと。

試し乗りは壮平と共に済ませてあり、手直しをする必要は認められなかった。

下ろし立ての猪牙を駆っての捕物は、今宵に限っては骨を折ったのみ。

しかし更なる悪党を捕らえることに繋がると思えば、無駄骨だったとは言えまい。

四

宵闇の中、なおも猪牙は神田川を進みゆく。

衝突を防ぐために吊るした船提灯の淡い光が、行く手の川面を照らしている。

その光の差す先に、十蔵は妙なものを見た。

浅草橋の手前に広がる、柳原《やなぎわら》の土手である。

日中は古着を商う露天商が店を張り、ひとたび日が沈めば美醜取り混ぜた白《しら》っ首の夜鷹《よたか》が群れを成し、客の袖を引くことで知られた場所だ。

その柳原土手を、男たちの一群が駆けていく。

恐れ知らずに夜鷹の玉代《ぎょくだい》を踏み倒し、化け物じみた形相に一変した女たちから逃げ回っているわけではない。

追われていたのは一人の男。

頭巾で隠した顔形は定かでないが背が高く、容子《ようす》がいいのが夜目にも分かる。

手足がすらりと長かったが、ひ弱な印象は与えられなかった。

土手の枯草を蹴って跳び、疾駆《しっく》しながらも体《たい》の軸を崩さない。

装いも見栄え良く、舶載品《はくさいひん》で値の張る算留《サントメ》に黒の羽織を重ねていた。同じ黒染めの絹でも十蔵の紋付と違って肌理《きめ》の細かい羽二重《はぶたえ》だ。

遊び人の態なのは、男を追う一群も同じことだ。

着流しの柄も算留と同じく縞柄が多いが、いずれも舶載の品ではない。着物も帯も江戸の近郊で織られた、安価な代物ばかりだった。

「この野郎っ、待ちやがれい！」

焦《じ》れた様子で銅鑼声《どらごえ》を上げる、肥えた男は三十絡み。

もはや若いとは言えぬ年だが、老け込んでもいなかった。

肥えてはいても鈍重《どんじゆう》ではなく、丸太のような足の動きは機敏。

襟元をはだけた着流しから、分厚い胸板を覗かせている。

一群の頭目《とうもく》と思《おぼ》しき、地回りの兄貴分だ。

香具師《やし》の親分衆の配下に属することなく市中の盛り場をのし歩き、強請《ゆす》りたかりを働いたり、露天商から勝手に場所代を召し上げる連中だ。勝手気ままに群れながらも仲間内の繋がりは強く、それぞれに頭目を立てて張り合っている。

十人近くを束ねているとあれば、無頼とはいえ侮れまい。

「お？」

兄貴分が怪訝《けげん》そうに声を上げた。

追われていた男が足を止めざま、こちらに向き直ったのだ。

澱みのない、流れるようにしなやかな動きであった。

「ひひっ、とうとう観念しやがったか」

未だ怪訝そうにしている兄貴分の後ろから、甲高い声が聞こえた。

しゃしゃり出たのは、二十代の半ばと思しき小男だ。

体つきは痩せており、腕も足も細い。

それでいて、切れ長の目が放つ眼光は鋭い。

手にした短刀の刃にも劣らない、禍々《まがまが》しい光だった。

「おう、おう、ずいぶんと手こずらせてくれたなぁ」

小男は耳障りな声を上げつつ、ぎらつく短刀を弄《もてあそ》ぶ。

右手から左手に、また右手にと持ち替えながらも歩みを止めず、上背のある相手に舌なめずりをしながら迫っていく。

「散々走り回らせやがって有り金だけじゃ勘弁できそうにねぇなぁ」

うそぶく小男は口ぶりとは裏腹に、汗一つ掻いてはいない。ひ弱そうに見えながら鍛えられた身なのだ。

「その値が張りそうな着物と帯も置いてってもらおうか」

「待てよぉ、九《く》の字」

「いいから、いいから。権次《ごんじ》の兄いは高みの見物をなすってくだせぇよ」

不機嫌そうに呼び止めた兄貴分も意に介さず、じりじり間合いを詰めていく。

対する男はその場から動くことなく、無言で見返すばかりである。

「ひひっ、大した度胸だぁ」

九の字と呼ばれた小男が嬉しそうにつぶやいた。

「その度胸、いつまで続くか見てやるよぉ！」

告げると同時に九は跳ぶ。

もはや短刀を弄ぼうとはしてなかった。

それでも男は動かない。

頭巾の窓から向けた目に、怯《おび》えた色など浮かんでいない。

むしろ嬉々とした様子で、迫り来る九を待ち受けていた。

足元を蹴ったのは、九の字が近間に入った瞬間。
短刀を繰り出されれば脾腹《ひばら》にめり込む、ぎりぎりの間合いであった。
「何っ」
権次が驚きの余りに声を上げた。
九の突きをかわすと同時に、男が宙に舞い上がったのだ。
その場跳びで高々と身を舞わせ、九の頭を越えて降り立つ。
並より低い相手とはいえ、刃物を向けられながら成し得ることではない。
「この野郎、ほんとに度胸がありやがらぁ……」
自分の頭を越えて跳んだ男に、九はゆっくりと向き直った。
低めた声に、先程までの嘲《あざけ》る響きはない。
それを確かめた十蔵は、櫓を棹に持ち替えた。
船足を落としつつ、猪牙を岸辺に寄せていく。
離れた船着き場で降りては間に合わないと判じたのだ。
足元を蹴った十蔵は、ずんと河原に降り立った。
駆けながら取り出したのは万力鎖。
二人の間に割って入りざま、しゃっと鎖を繰り出した。

「うおっ!?」

狙い違わず万力鎖は白刃に絡み、九は短刀を取り落とした。

あと半歩で間合いに入るところだった。

「そこまでだ、坊ずども」

「何だと、ただのじじいがほざくんじゃねぇや！」

「やかましい。そこらの年寄りが万力鎖なんぞ持ってるはずがねぇだろが」

「万力鎖って言うのかよ……」

十蔵の不敵な態度に、九は毒気を抜かれた様子。

「知らねぇのか九、それは捕物の道具だよ」

割って入ったのは権次だった。

「兄い？」

「いいから下がってろい」

戸惑う九を後ろに押しやり、権次は十蔵に向かって頭を下げた。

「若いもんがご無礼をいたしやした、八森の旦那」

「やっぱりお前だったかい、権」

「へい」

「しばらく見かけねぇ内に肥えたなぁ」

「ちょいと草鞋《わらじ》を履いておりやした」

「それじゃ、何処ぞの一家の身内になったのかい」

「とんでもねぇ。俺が親と仰ぎてぇのは旦那だけでございやす」

「その話なら何遍も断っただろうが」

「生憎《あいにく》と、諦めの悪いのが身上でございやすんで」

「そのしつこさを野良仕事に活かせばいいんだよ。いつまでもお江戸で遊んでねぇで武州《ぶしゅう》に帰りな。そうしてくれにゃ、お前の死んだ親父に顔向けできねぇだろが」

「へへっ、すみやせん」

権次は十蔵に詫びながらも、嬉しげに声を弾ませる。

「ったく、幾つになっても甘えん坊が……今夜のとこは見逃してやるから、とっととねぐらに引き揚げな」

溜め息交じりに権次を下がらせ、十蔵は頭巾の男に歩み寄った。

「名乗りをするにゃ及ばねぇぜ」

先を制した上で、どんぐり眼をじろりと向ける。

「お前さんのとんぼ、しばらく拝んでいねぇ内に切れを増したな」

「ほんとですかい？」

「若いのに世辞《せじ》を言うほど落ちぶれちゃいねぇよ。俺ぁお前さんの父親より八つも上なのだぜ」

「うちの親父は、五十八でござんすよ」

「年は取りたくねえもんだが、お前さん方の芸は冴える一方だな」

「ご無礼でござんすが、旦那のお腕前も左様かと……」

「そうするしかねぇんだよ。俺たちゃ一つっきりの命を的にして、悪い奴らを追いつめにゃならねぇんでな」

「その命が的ということを知りたくて、あたしゃこういうことを始めたんですよ」

「……新作の立ち回りで悩んでんのかい」

「……はい」

臆《おく》することなく十蔵に答えていた男の声が、わずかながら低くなった。

「まったく、芝居ってやつは底なし沼みてぇなもんだな」

「その沼でもがくことに、生きてる甲斐ってもんがあるんでござんすよ」

「その口上を聞かされたのは何人目かね……」

「山人《さんじん》先生も、でござんしたか」

「源内のじじいはそんなこたぁ言わねぇよ。何につけても箍《たが》が外《はず》れていたからな」

十蔵は右の目をしかめ、しみじみとつぶやいた。

溜め息を一つ吐《つ》き、改めて頭巾の男を見返す。

「お前さんも、今夜のとこは見逃しとくぜ」

「止めなさらないんですか」

「どうせ止めたってやるんだろ」

「はい」

「くれぐれも無茶ぁすんなよ。権、おめーもだ」

立ち去り難い様子で子分たちと固まっていた権次にも一言告げて、十蔵は猪牙へと歩み寄る。

耕吾は目を覚まし、河原に這い降りたところであった。念のために縛り上げておかなければ、疾《と》うに逃げられていたであろう。

無言で肩を摑んで引きずり起こす。

間髪を容れず繰り出す鉄拳が、ずんとみぞおちにめり込んだ。

悩める男たち

一

江戸市中には大番屋、もしくは調べ番屋と称する町奉行所の施設が、複数の箇所に設けられている。

番所と番屋は同じ意味だが、自身番所も辻番所も狭小な、言うなれば小番屋だ。対する大番所は、文字どおりに構えが大きい。不審な者を留め置く際に奥の板敷きを用いる自身番所や辻番所と違って、格子の付いた牢屋まで備えていた。

斯《か》くも物々しい一方、大番屋においての取り調べは、無実の者を罪に問わないための配慮に基づいていた。

最初から粛々と裁きを受け入れる態度を示す咎人には、他人の罪を引き受けた者が少なくない。自訴して出た場合は尚のことだ。

親が子を、子が親を庇って裁きを受けるのは特例として認可される場合がある。しかし赤の他人が身代わりになることを、容易に認めるわけにはいかない。金を積まれたのであれ、脅されたのであれ、無理を強いてのことならば論外だ。故に大番屋に連行しての取り調べは同心と咎人の両名のみで行われ、町奉行はもとより与力も関与をしない。

無実の者を刑に処し、後になって無実と分かっても手遅れだ。裁きが叱りや敲《たた》きで済まされる微罪であっても由々しきことであり、何を措《お》いても未然に防がねばなるまい——。

十蔵と壮平は廻方の筆頭として定廻と臨時廻に対し、左様に説くことを日頃から心がけている。

その一方、有罪が明白である場合は余計な手間をかけさせず、早々に小伝馬町送りにすることを認めていた。

耕吾はもとより壮平が召し捕りに出張った新七も、罪を犯したことは明白。にもかかわらず十蔵が耕吾を大番屋に連行したのは、二人の背後に潜む黒幕を炙《あぶ》り出すためであった。

守山藩が耕吾の身柄を引き取り、家中で裁く運びとなれば是非もなく、黒幕にまで手を出そうとは十蔵も考えなかった。

齢を重ねた十蔵は、触らぬ神に祟りなしとは至言《しげん》であると知っている。

町方同心が正面から挑むことが難しい大身の旗本と札差を、好んで相手取ろうとは思わない。

しかし、事は思わぬほうに転がった。

十蔵はこの一件の調べを付け、真の咎人を罪に問うために動く立場となったのだ。

耕吾の裁きを一任された以上、正道も北町奉行として動かざるを得まい。

これは歯ごたえのある話。

厄介《やっかい》なことには違いないが、胸が躍るのも事実であった。

十蔵が耕吾を連行したのは、茅場町《かやばちょう》の南寄りに設けられた大番屋。

壮平は先に到着し、新七の尋問を行っていた。

「しばし待て」

十蔵の顔を見るなり、壮平は尋問を中断した。

番人たちに遠慮をさせ、歩み寄ってきた壮平と二人きりになったのは咎人たちからも離れた、休憩用に畳の敷かれた一画であった。

「大学頭様ん屋敷の用人にな、裁きは北のお奉行にお任せ申し上げたいって頭ぁ下げられちまったんだよ」

「まことか？」

思わぬ話に壮平も驚きを隠せない。

それでいて、気後れをした態は見せなかった。

「さすれば打つ手を考えねばなるまい。いつから取りかかればよいのだ」

「急くにゃ及ばねぇよ壮さん。話が本決まりになるのは、お奉行が大学頭様とご直々に話を付けてくだすった後のこった」

「さもあろうが、あやつらをいつまでも留め置くわけには参らぬぞ」

壮平が視線を向けた相手は新七と耕吾。

いずれも番人たちが張り付いており、逃亡はもとより抵抗を試みようとする様子も見せない。

今夜のところは大番屋の牢に預けておいても大事あるまいが、何日も留置したままでは不審に思われる。十蔵と壮平が常ならぬことをしているのを定廻と臨時廻の同心たちが告白する恐れはあるまいが、与力は違う。

町奉行と直に話ができるのは、本来は与力のみに許されることだ。

しかし直属の隠密廻は何であれ、与力を通す必要が無い。

その立場を殊更《ことさら》に誇る十蔵と壮平ではなかったが、妬心《としん》は人の目を曇らせる。普通に振る舞っているだけでも偉そうに見られてしまうのは、致し方のないことだ。

「安心しなよ、壮さん」

十蔵は察した様子で微笑んだ。

「お前さん、口うるせぇ奴らのことを気にしてんだろ？」

「左様」

壮平は隠すことなく首肯《しゅこう》した。

「奉行所内で大人しゅうしておればよいものを、近頃は手柄欲しさに市中に出張っておる故、油断ができぬ」

「まぁ、明日の内には埒が明くさね」

「小伝馬町に身柄を移した後も、安穏《あんのん》と構えてはいられぬぞ」

「そりゃ半年も置いとけめぇが、年の内なら何とかなるさね」

「されば、勝負は大つごもりまでか」

「そういうこった」

「腕が鳴るの」

「いい答えだ」

闘志を示す壮平に、十蔵は笑みを返した。

二

お江戸の夜空は月が隠れたままであった。

千代田の御城下より見晴らしの良い大川端に出ても、空が暗いのは同じこと。

暗がりの向こうに横たう大川の流れは、あくまで穏やか。

梅雨の長雨で一頃は水嵩が増しに増し、大水が出かねない程であったが秋の訪れと共に落ち着いた。

永代橋《えいたいばし》だ。

大川を越えて西から東、千代田の御城下から深川の地に至る永代橋は後の世よりも一町（一〇九メートル）ほど上流に近い、日本橋の北新堀町《きたしんぼりちょう》と深川の佐賀町《さがちょう》の間に架けられていた。

静まり返った夜更けの橋を、一人の男が渡り来る。

細い縞柄の着流しに黒の羽織を重ね、履いているのは小粋な雪駄。

十蔵に柳原で助けられた、あの男だ。

柳原から神田川に沿って少し歩けば、柳橋《やなぎばし》を経て両国橋《りょうごくばし》の東詰めに至る。

大川を越えるのならば、そのまま両国橋を渡ればいい。

しかし男は大川の流れに沿い、わざわざ下流まで歩いてきたらしい。

当時の大川に存在した橋は四本のみ。上流から順に吾妻橋《あづまばし》、両国橋に新大橋と来て、永代橋が江戸前の海に最も近い。

この永代橋が五年前——文化四年（一八〇七）葉月十九日に富岡八幡宮《とみおかはちまんぐう》の例大祭に押し寄せた群衆の重みで崩れ落ち、多くの犠牲が出たことは未だ記憶に生々しい。

新たに架けられた橋を、男は黙々と東へ渡りゆく。

異国渡りの算留に献上博多の帯を締め、誂え物と思しき雪駄は革の重ねが厚い。

高価な着流しに重ねた羽織は、これも値の張る黒羽二重だ。

当時の江戸で人気を集めた菓子の一つに、羽二重餅という逸品がある。

薄く延ばして餡を包んだ餅は上等な絹織物を思わせるほど柔らかく、肌理《きめ》も細かいことから羽二重餅と命名されて大いに売れたという。

上物《じょうもの》をさらりと着こなす男は、頭巾で面体を隠していても容子が良い。

それでいて、腕も度胸も侮れぬのだ。

俊足で地回りの一群を翻弄したばかりか軽やかに宙を舞い、荒事《あらごと》に慣れた短刀遣いの九まで出し抜いて、兄貴分の権次を瞠目《どうもく》させたほどなのだ。

この男は坂東鶴十郎《ばんどうつるじゅうろう》。

天明元年（一七八一）生まれで、実の名前は重兵衛《じゅうべえ》という。

当年取って三十二の、立ち回りの上手さで知られた歌舞伎役者だ。

父親は四世鶴屋南北《つるやなんぼく》。

華のお江戸の歌舞伎を支える、人気の芝居作者であった。

「鶴の奴、今日も面《つら》ぁ見せなかったなぁ……」

引き戸の向こうから、ぼやく男の声が聞こえてくる。

声がするのは土蔵の中。

昇り降りに梯子段《はしごだん》が必要な二階――正しく言えば屋根裏だけが妙に明るい。

灯していたのは火事の元となりがちな上に光量も乏しい行燈《あんどん》ではなく、値が張る分だけ便利で明るい蠟燭《ろうそく》だ。

表の通りに面した店を借りると、中庭に土蔵が付いている。

火事が多い江戸での商いに、防火の備えは欠かせぬものだ。

帳簿や台帳の原本に、貸付と借入の証文類。

盗難はもとより焼失を防がねばならないのは、売り物も同じである。

この店は屋号を海老《えび》屋という。

売るのは品物ではなく、職人たちの腕前だ。

海老屋の商いは『型付《かたつ》け』である。

指定された図柄を着物や手ぬぐいの生地に染め抜き、縫製や裁断を請け負う店に後を託すまでが仕事だ。

主な取引の相手は呉服屋と太物《ふともの》屋だが、個人の客からの注文も引き受ける。

中でも別格のお得意先が、歌舞伎芝居の一座である。

そんな家に生まれたのが、後に四世鶴屋南北となる男の子。

芝居作者となっても商いは止めず、台本書きに詰まると店の土蔵に籠もるのが常であった。

「あの野郎、どこで油を売ってやがるんでぇ」

白壁に映っているのは、ぼやきが止まぬ男の影。

男は屋根裏に畳を敷き、文机を持ち込んでいた。

町家はもとより武家でも贅沢とされた座布団に尻を据え、盛んに筆を走らせている男はごま塩頭。寄る年波で白髪が目立つ、六十前と思しき年格好だ。

「今のまんまじゃ五代目を名乗らせるわけにゃいかねぇ……どうあっても筆と拍子木だけでやっていきてぇんなら、俺を唸らせる筋立てを考え出してみろってんだい」

男は盛んにぼやきながらも、筆を走らせる手を止めない。

仮名が多めの書き文字は崩しが過ぎて、読み取るのが難しい。

当の男は意に介さず、間違えた字も直すことなく稿を進めていく。

蠟燭の明かりに浮かんだ顔は、十蔵に引けを取らぬ強面だ。

面長で鼻は高く長く、孔が左右に広がっている。

眼光鋭い双眸《そうぼう》はやぶにらみ。右目が大きく、左目が小さい。

大きな右目を吊り上げた男が鶴屋南北。今年で五十八になる。

実の名前を源蔵《げんぞう》という南北は日本橋新乗物町《しんのりものちょう》の染物屋に生を受け、二十歳を過ぎて歌舞伎役者の家へ婿に入った。

代々の当主が南北の名乗りを受け継ぐ鶴屋一門は三代目まで喜劇を専《もっぱ》らとする道化方の役者である。

しかし三代目南北は男子に恵まれず、授かったのは一人娘のお吉《きち》のみ。

そのお吉を見染めて鶴屋の婿となった上で、お吉及び義理の父親になった三代目の南北を新乗物町の店に迎えたのだ。

「お前さん」

土蔵の引き戸が開くなり、古女房お吉の声が聞こえてきた。

「何でぇ、まだ起きてたのかい」

「当たり前でしょ。お前さんこそ、寒くないの？」

「何を言ってやがる。俺ぁ子どもじゃねぇんだぜ」

「年寄りだから心配なんでしょ。子どもは暑い寒いを辛抱せずに出てくるけど、お前さんは放っといたら籠もりっきりなんだから……」

屋根裏から答えた南北に返す言葉は、小言めいていながらも響きは穏やか。

故に南北も筆を止めさせられていながら、声を荒らげはしないのだ。

「心配するねぇ。きりのいいとこで止めとくさね」

「分かりましたよ。それじゃお先に」

「おう」

南北が一声返した後に、そっと引き戸が閉められた。

お吉はよくできた女房だった。

歌舞伎の世界に入る上で名跡を得ようと思い立ち、半ば打算ずくで近づいたのに鼻白むことなく縁談を受け入れたのだ。

できた人物なのは、義理の父親となった三代目南北も同じである。

三代続いた役者の名跡を、芝居の作者として受け継ぎたい。

そんな型破りの提案にも異を唱えず、快諾してくれたのだ。

感謝を以て報いねばならない。

立場は婿であっても負担はかけず、むしろ暮らしの面倒を見たい。

源蔵と名乗っていた若き日の南北は左様に心がけ、本腰を入れて歌舞伎との関わりを深める一方、商いにも身を入れた。

江戸には日本橋と名が付く町が数多く、おおむね隣り合っている。

海老屋が店を構える新乗物町の両隣は日本橋堺町《さかいちょう》及び葺屋町《ふきやちょう》。

表の通りに面して連なる堺町には中村《なかむら》座、葺屋町には市村《いちむら》座がそれぞれ芝居小屋を構えており、幕府の公認の下で年に数度の興行を打つ。南北の店から道一本を挟んだ先は二つの一座の楽屋口となっていた。

いつも楽屋口から入り込み、ただ見を決め込むのが常だった近所の悪がきが芝居の作者を志すとは、当時の役者たちも思いはしなかったことであろう。

幼い頃は界隈のがき大将、長じた後は『紺屋《こんや》の源さん』と親しみを込めて呼ばれるお兄《あにい》さんだった南北は、かくして初志を貫いた。

幼い頃から慣れ親しんだ歌舞伎の世界に魅入られ、家業の染め物を手伝いながら芝居の台本を手がけ続け、改名を重ねた雅号は勝俵蔵《かつひょうぞう》で落ち着いた。

歌舞伎作者は役者と同様、顔見世を区切りとする一年ごとの契約である。

壮平が言うとおり鼻高《はなたか》こと五代目松本幸四郎《まつもとこうしろう》も南北と共に市村座を離れ、森田《もりた》座に移る運びとなっていた。幼い頃から後見してきた七代目市川團十郎《いちかわだんじゅうろう》が成長し、市村座を背負う座頭《ざがしら》に足る役者になったと見極めた上でのことだ。

森田座は同じ江戸三座《さんざ》の市村座と中村座に比べて役者の層が薄く、芝居小屋の建つ場所も離れているため客の入りが悪く、休業することもしばしばだった。

そこで森田座の金主《きんしゅ》となった越前屋茂兵衛《えちぜんやもへえ》は人気の作者の南北を、幸四郎と併せて引き抜いたのだ。

歌舞伎芝居の一座の金主となるためには、莫大な現金が必要だ。

公演を成立させるための費用の負担はもちろんのこと、顔見世を一年の仕事始めとする役者たちに年俸を支払わなくてはならない。

一座の看板となる人気者は、いずれも千両役者だ。

脇を支える面々も百両単位とあれば、給金だけで数千両が飛ぶ。

後から儲けを還元されても収支が合うとは限らず、もしも客の入りが悪ければ多額の損失を抱え込むこととなる。

左様な危険を承知の上で森田座の金主となることを快諾した越前屋は、深川の木場《きば》で代々続く材木商だ。日頃から大枚を投じて材木を買い付け、機を逸《いっ》さずに売り捌く商いを手がけているだけに、金主としても抜かりはない。

茂兵衛が千両役者の幸四郎に加えて南北まで引き抜いたのは、去る正月の市村座の興行で南北が手掛け、幸四郎が主役を演じた『初松鶯曽我《はつわかなはるつげそが》』が月番だった南町奉行所に咎められたのを踏まえてのことだった。

南北が咎めを受けたのは、團十郎が扮した木場の若旦那が全身に彫物《ほりもの》を入れていたことが理由であった。

当時の歌舞伎作者は芝居の台本を書くだけではなく演出まで手掛けたため、責任は南北一人に有りと見なされたのである。

昨年の葉月に北町奉行の名前で発せられた彫物禁止の町触は未だ有効であり、南北の町奉行所による取り締まりが続いていた。

たとえ作りごとであっても、役者を総身彫の態にさせたのは由々しきこと。

まして團十郎は江戸歌舞伎の象徴だ。

当代の團十郎は未だ若いが、幸四郎をはじめとする先達《せんだつ》の薫陶《くんとう》によって芸が上達した結果、名前に見合った人気も出てきた。

その人気者が派手に彫物をした態で舞台に立ち、世間の支持を集められては町奉行の権威も何もあったものではない。

市村座にしてみれば南北も幸四郎も得難い人材だが、町奉行所から再三の咎めを受けるのは避けたい。その不安を解消する形で、茂兵衛は二人を取り込んだのだ。

茂兵衛は残る中村座からも、人気の女形の五代目岩井半四郎《いわいはんしろう》を引き抜くことに成功していた。荒事を演じるのも巧みな半四郎には、南北の実の息子で立師《たてし》【当時は「殺陣師」と表記しない】の坂東鶴十郎も帯同していた。

鶴十郎は役者としては格下ながら、團十郎と仲が良い。

演じる側から書き手に転じることにより、更に仲は深まることだろう。

三座の歌舞伎は江戸の宝。

張り合うことも大事だが、蹴落とし合ってはなるまい。

そのための役に立つのが、演出も受け持つ作者だ。

役者として場数を踏んだ鶴十郎は、歌舞伎の舞台裏を父親以上に知っている。

今は体感するのに汲々《きゅうきゅう》とするばかりだが、いずれ体で覚えたことを形にする術《すべ》も分かってくるだろう。

その時こそ、五代目南北として後を継がせたい。

「それにしても、遅《おせ》えなぁ」

南北はぼやきながら筆を執った。

「違うな、これじゃ筋立てが活きやしねぇよ……」

やぶにらみの右目をぎらつかせ、筆を走らせていた。

森田座の来《きた》る顔見世興行で南北が手掛ける新作は、外題ばかりか内容まで決まった後である。

去る長月の初めに主だった者が一堂に会して開かれた、世界定《せかいさだめ》と称する話し合いの席でのことだ。

南北の頭の中では、すでに話が組み上がっている。

文字こそ下手だが筆は早く、約束した期日までに書き上げる見通しも立っていた。

しかし、書き手には欲がある。

鶴十郎の意見が聞きたい。

筋立てをより多く、かつ深いものとするために、話をしながら筆を進めたい。しかし当の鶴十郎は、なぜか南北を避けている節がある。森田座に移り、父親と共に舞台を作り上げることを喜んでいたのが一体どうしたというのだろうか――。

解せぬ思いは再び筆を止めさせた。

やむなく南北は梯子段を伝い降り、夜の空気が冷たい中庭に出た。

「おうおう、えらく硬くなってやがるぜ……」

強面に苦笑を浮かべた南北は、強張《こわば》りきった背中の筋を伸ばす。

仕切りの薄い板壁一枚を隔てた先は、長屋が軒《のき》を連ねる裏道だ。表店《おもてだな》に対して裏店《うらだな》と呼ばれる長屋の店子《たなこ》は、その日暮らしの人々だ。芝居町《しばいまち》とも呼ばれる地で暮らしていても、誰もが歌舞伎と関わりを持っているわけではない。

しかし芝居を観て楽しむという点は、立場を問わず同じだった。

芝居小屋の一階と二階には、それぞれ格安の席がある。

一階の羅漢台《らかんだい》と呼ばれる席は、舞台が後ろから見える位置。文字どおり舞台裏であるため、役者はもとより南北ら芝居作者の面々が黒子《くろこ》の衣装を纏い、拍子木を打つ姿も丸見えだ。

故に羅漢台には懐具合の寂しい客に限らず、目の肥えた者も集まる。

二階の大向こうから間合いを心得、声を発する面々は尚のことだ。

来る森田座の顔見世には納得のいく台本を用意するのみならず、舞台の上でも気を張って、拍子木を打たねばなるまい。

芝居の合間に入る拍子木は演出の一環で、芝居を書いた作者が直々に受け持つ。

多くの作者は才さえあれば早々に一本立ちを許されるため、拍子木を鳴らす音も若々しい。

対する南北は、昨年に立作者《たてさくしゃ》となったばかりだ。

まだまだ老け込む年ではあるまいが、もはや若いとは言えない。

それでも晴れて一本立ちした以上、これまでに増して励まねば――。

三

そろそろ町境の木戸が閉まる頃だった。
江戸の町人地では夜四つ――秋分の頃は午後十時過ぎ――になると同時に隣町との

境に設けられた木戸を締め切り、以降の通行を禁止する。

辻番所が創設された寛永の頃ほど物騒ではないものの、盗人は尽きることなく横行し、時として辻斬りも夜陰《やいん》に乗じて出没するので油断はできない。

更に江戸には天明の大飢饉で荒廃した田畑を捨てて逃れ、そのまま国許へ戻らずに無宿の暮らしを送る者も多い。

身許を明かせば通行を認められるが、木戸を開けてもらうたびに拍子木を打ち鳴らされるのが習わしだ。この送り拍子木と呼ばれる習慣は面倒な通行人が出たことを次の木戸番に知らせるための合図で、帰り着いた時には町中に知れ渡り、恥ずかしい思いをすることとなる。

裏店住まいの庶民ならば笑い話で済むだろうが、鶴十郎の生業《なりわい》は人気商売。

日頃は喜劇を演じぬ鶴十郎だが、舞台で笑いを取るのは喜ばしい。

芝居で客の心を摑み、喜怒哀楽を露わにさせるのは役者の誉れだが失笑を買うのはまずい。

人気は些細《ささい》な原因であっても落ちるもの。

悪意を抱く輩が余計な話を付け加え、吹聴《ふいちょう》することもある。

たかが送り拍子木であろうとも、落ち度は禁物。

急き前で、木戸が開いている内に帰るのだ。

しかし鶴十郎は慌てない。

永代橋の東詰めに出ると右手に曲がり、相川町《あいかわちょう》と熊井町《くまいちょう》の間を通り抜ける。

渡った小橋は福島橋《ふくしまばし》。

ここまで来れば、八幡宮の門前に構えた我が家は目と鼻の先だ。

「おーい、ちょいと待ちねぇ」

道なりに歩みを進める最中、不意に声をかけられた。

呂律《ろれつ》が少々怪しい。酒を呑みに出た帰りと見受けられる五十男だ。

紺染めの腹掛けに股引を着け、古びた半纏《はんてん》を引っかけている。

寒さ除けらしく手ぬぐいで頬被りをしているため、顔までは良く見えなかったが取り立てて語るべき点もない、居職《いじょく》の職人といった風体《ふうてい》である。

「お前さん鶴十郎だろ」

「…………」

動揺した余りに足が止まった。

出合い頭に素性を見抜かれていたらしい。

頭隠して尻隠さずだったとは、まだまだ修業が足りないようだ。

役者は人気商売といえども、常に愛想を振りまいてはいられない。住まう家の最寄りで声をかけられたとあっては尚のことだ。

近所付き合いを怠らぬ鶴十郎も、裏店住まいの職人までは把握していなかった。客と思えば大事にしたいが、それも相手によりけりである。

半纏の傷み具合から察するに、この男は貧乏暇なしの毎日を送っている。来る顔見世で気前よく、高い席を占めてくれるとは思えない。たとえ懐具合が良かろうと、職人は仕事を優先するものだからだ。

たまさかに見かけて、声をかけてきただけと思えば、腹立たしい。

鶴十郎は平静を保ちつつ、男を無視して歩み出す。

「待ちねぇってんだよ、鶴」

「何だと」

素知らぬ顔で通り過ぎようとした鶴十郎が、きっと男に向き直る。

同時に男は手ぬぐいを取った。

相手の顔を見た途端、鶴十郎は深々と頭を下げていた。

「ははは、手のひらを返《かえ》すってのは、こういうこったな」

可笑しげに声を上げる男は坂東三津五郎《みつごろう》。

大坂《おおさか》から江戸に出てきた中村歌右衛門《なかむらうたえもん》と鎬《しのぎ》を何年にも亘って削り、客を沸かせてきた千両役者の一人である。

「ほんとに、とんだご無礼を」

「いやいや、むしろ俺から礼を言わなきゃなるめぇよ」

「どういうことです、兄さん」

「俺は何の気なしに声をかけたわけじゃねぇ。そろそろ帰ってきそうな時分と踏んで待ち構えていたのさね」

「私を、ですか」

「お前だから、だよ」

戸惑いを隠せぬ鶴十郎に、三津五郎は微笑んで見せる。

男臭さが魅力の三津五郎だが荒事ばかりか和事《わごと》も巧みに演じ、もとより踊りも達者である。役者としての格の違いは、たしかな実力に裏付けられている。

それが何故、わざわざ待ち伏せるような真似をしたのだろうか。

「なぁ鶴や、有り体に聞かせてくんな」

口を閉ざした鶴十郎に、三津五郎から問うてきた。

「俺はほんとに、そこらのとっつあんに見えてたのかい」

「それは……」

「答えな」

言い淀むことを許さずに、三津五郎は重ねて問う。

やむなく鶴十郎は口を開いた。

「……失礼ながら、仰せのとおりで」

「そうかい」

三津五郎は再び笑顔を見せた。

「兄さんからも、聞かせてください」

堪《たま》らずに鶴十郎は問いかけた。

「言ってみな」

対する三津五郎は落ち着いたもの。

そんな態度一つにも、格の違いが出てしまう。

己《おの》が未熟を恥じながら、鶴十郎は問う。

「どうしてまた、こんな真似をなさったので」

「さっくり言や、お前さんと同じだよ」

「私と？」

「まだ十分とは思えねぇんだ」

「………」

鶴十郎は絶句する。

訳が分からぬ答えだった。

「察しが悪いな」

三津五郎は苦笑いをしながら言った。

「仕方ねぇ。ここだけの話ってことで明かすとしようかね」

行き交う者は誰も居ない。

それを確かめた上で、三津五郎は鶴十郎に歩み寄る。

念には念を、ということらしい。

できれば伏せておきたい理由なのであろう。

固唾《かたず》をのんだ鶴十郎を、三津五郎は間近で見返した。

数多《あまた》の女と浮名を流したことも頷ける、男ぶりの良さである。

そんな三津五郎も近頃はおんな浄瑠璃語《じょうるりがた》りの若い娘を見染め、かつてなく本気で惚れ込んでいるらしいのだが——。

「俺はな、どうにも怖くて仕方ねぇんだ」

言葉どおりに怯えを孕んだ声が耳を打った。

「怖い？」

「ああ」

鸚鵡《おうむ》返しに問うた鶴十郎に、三津五郎は頷いて見せる。

「何がそんなに怖いんですか」

「お前の親父さんさね」

「うちの親父が？」

「あの先生は、つくづく底が知れねぇからな」

啞然とする鶴十郎に、三津五郎は続けて本音を明かす。

「今の森田座が梁山泊じみてるって言うか、腕っこきが揃っているのは、お前も承知してるだろ。中でも一番の豪傑は、他ならねぇ南北先生よ。年は喰っていなさるがまるで勝てる気がしねぇんだ」

「…………」

「俺も長《なげ》えこと芸を磨いてみたつもりだったが、あの先生にかかると自信ってもんが失せちまう。丸腰で林冲《りんちゅう》の前に出ちまったみてぇに、お大事さんが縮み上がっちまうんだよ」

かの『水滸伝《すいこでん》』屈指の名将の名を挙げて、三津五郎は苦笑い。

黙って耳を傾けていた鶴十郎も、思うところは同じであった。

このところ南北の許にも顔を出さずに鶴十郎が試みていたのは、無頼の連中にわざとぶつかって怒りを買い、逃げおおせること。

立ち回りの想を練るのに行き詰まり、このままでは南北と話をしても役に立てまいと思い悩んだ末に始めたことだ。

後に殺陣という表記で世に広まった立ち回りは写実を旨としたものだが、鶴十郎はそこまで考えが至ったわけではない。

歌舞伎の立ち回りは真に迫ることよりも、分かりやすい大きな動きで客を魅了するのが身上だ。

もとより鶴十郎は身が軽く、歌舞伎の立ち回りの定番である、各種のとんぼ返りもお手のもの。

小道具の扱いも手慣れたもので、十手から短刀、刀に槍まで達者に使いこなす。

しかし南北と話していると、まだ足りないと思い知らされる。

もっと変わったことができぬのか。

得物なしに、その身一つで相手を出し抜けるのか？

父の問いに応じ、とんぼを返して見せたことは二度や三度ではない。

歌舞伎では必ず「とんぼを切る」ではなく「返す」と言う。

斬り合いの生々しさなど最初から求めず、むしろ排除しているのだ。

南北もそれは重々承知のはずだ。

されど、芝居の中での殺しには、真に迫ったものが欲しい。

これまでにも鶴十郎は南北から知恵を求められ、そのたびに頭を絞ってきた。

しかし森田座の顔見世は、今までの舞台とは別物だ。

もとより顔見世は客の目が一年で最も熱く、厳しい。

それを瞠目させることが役者の本懐なのだが、今は客の前に出る前に腰が引けてしまうばかりだ。

四世鶴屋南北。

越え難い壁であるのは、三津五郎にとっても同じだったらしい。

「足止めさせちまって悪かったな」

立ち尽くした鶴十郎に詫びて、三津五郎は去っていく。

帰りゆく先は瀟洒《しようしや》な邸宅を構える永木《えいき》河岸。

世に『永木の親方』と褒めそやされる千両役者を南北は思い悩ませ、突飛なやり方で芸を磨き直そうとさせるほどなのだ——。

その頃、南北は未だ土蔵の中に居た。

「あー、あー、どうしたもんかな……」

悩みながらも筆を走らせる手を止めず、一心不乱に机に向かったままでいた。

四

大番屋では十蔵が尋問を続けていた。

「なぁ、いい加減に教えてくんな」

「…………」

「眠くて仕方ねぇんだろ？　そろそろ楽になるがよかろうぜ」

耕吾に灯火を向けたまま、説き聞かせる声音は穏やか。

しかし、内心では気が気ではない。

（綾女はどうしているのかな……）

身重の若妻は、いつ産気づいてもおかしくない。

十蔵の最初の妻であり、八森の家付き娘だった七重は子を宿す機に恵まれないまま逝ったため、父となるのは初めてである。

十蔵に限らず町奉行所に勤める与力と同心は、家庭を顧みることがままならぬほど忙しい。江戸の司法に加えて行政まで預かる町奉行の下で、多岐に亘る案件に対処しなければならないからだ。

一同を束ねる町奉行からして御用繁多であり、朝から登城に及んで昼を過ぎるまで御城中に詰め、午後は町奉行所に取って返して与力衆に指示を出す。

それほど忙しい正道に、守山藩との交渉を頼むのは心苦しい。

故に耕吾が知っていることを速やかに訊き出し、報告したいところなのだが思った以上に口が堅い。

苦戦する十蔵の向こうでは、壮平が新七を問い詰めていた。

「おぬし、何処にて烏頭を手に入れたのだ」

「答えちまってもよろしいので？」

「申してみよ」

「やっぱり止めておきやすよ」

「うぬ、ふざけおるのか」

「滅相もねぇ。旦那のためを思ってのことでさ」

「うぬっ……」

だんまりを決め込んだ耕吾と違って、新七はのらりくらりとするばかり。

いずれ劣らずやり難いが、怒りを覚えてはなるまい。

取り調べは根比べ。

平静を先に欠いたほうが負けなのだ——。

「休んでおれ」

新七に告げるなり、壮平が立ち上がった。

目配せをされた十蔵も腰を上げる。

耕吾に突きつけていた灯火を消してのことだ。

「……今宵のところはここまでだの」

「……壮さんも、かい?」

「ひとまず入牢証文だけで良しとしようぞ」

「分かったぜ」

声を潜めて言葉を交わし、咎人たちの前へと戻りゆく。

共に平静を保とうとしながら、苦い面持ちにならずにいられなかった。

表は明るくなりつつあった。

晩秋の遅い夜明けに至るまで粘った末に、二人が書き上げたのは入牢証文のみ。耕吾と新七を小伝馬町牢屋敷で拘留させるため、事件を受け持つことになった同心が発行するものだ。

入牢をさせる理由は、共謀した殺しの咎人であることのみ。

黒幕に関する自供は、一言も得られずじまいであった。


二人は耕吾と新七に湯茶を与え、折よく空いていた牢に入れて仮眠を取らせた。

その上で自分たちも番人が用意してくれた握り飯を齧り、出涸《でが》らしの茶を啜る。

「まだ始まったばかりだぜ、壮さん」

「分かっておる……」

声を潜めてのやり取りは耕吾と新七はもとより、番人にも聞こえぬように交わしたものだ。

「新七が取り分の減るのを惜しみやがって、志田としか手を組まねぇでいたのは不幸中の幸いだったぜ。他に有象無象《うぞうむぞう》が控えていたら手が足りねぇで、取り逃がしていたかもしれねぇ」

「こたびばかりは若様たちの手を借りるわけにも参らなかった故な」

「あの連中も忙しそうだったからな」

「さもあろう。南の隠密廻は有名無実となりて久しい故な」

「江戸川《えどがわ》と尾久《おぐ》かい」

「あの二人が達者であればな」

「ほんとだぜ」

壮平の言葉に十蔵は頷いた。

「あいつらにならら借りを作ってもいいんだよ。お奉行同士で張り合っているわけじゃねぇこったし、南の仕事を裏で手伝ってやれば済むだろう」

「そういうことだの」

「折を見て訪ねてみるかい?」

「心得た」

十蔵の提案に壮平も首肯した。

五

月が明け、文化九年の江戸は神無月。

秋から冬に季節が変わる神無月には、火に関わる行事が多い。

台所に欠かせぬ三宝荒神《さんぽうこうじん》の御札を朔日に貼り替え、亥《い》の日には子孫繁栄と無病息災を祈願して、猪の子どもを象《かたど》った亥の子餅を食べる。多産で丈夫な猪は仏教の禁忌《きんき》を憚って薬食《くすりぐ》いと称する肉料理に欠かせぬ一方、火伏《ひぶ》せの神の社である愛宕《あたご》神社の使いとされていたからだ。

亥の子餅は亥の月の最初の亥の日の亥の刻に口にするのが習いである。

今年の亥の子の日は神無月の十二日。洋暦では十一月十五日だ。

亥の刻は午後十時だが、時刻は季節に合わせて変化する。今の時期は午後十時を少し過ぎた時分である。

「もう一膳くださいな、お前様」

「程々にしときなよ。縁起もんも食いすぎたんじゃ体に毒だぜ」

今日も綾女は朝から食欲旺盛であった。

いよいよ腹が出てきて苦しいため、給仕は十蔵が受け持った。

お徳は気を遣い、その間は庭で洗濯にかかりきりになるのが常だった。

十月十日《とつきとおか》を目前に控えながらも、食事を含めた日々の営みをこなしている。

霜月になれば二人の子は生まれてくる。

その前に、多くのことが控えていた。

武家は月が明けて早々の亥の日に、町家は二の亥に茶の湯を沸かす炉を開き、炬燵《こたつ》と火鉢を用い始める。

町方同心は御家人格。

故に炉開きは亥の子の日で差し支えなく、十蔵が出仕をする前に済ませたのだ。

明治の御一新で士族より格下の卒族《そつぞく》の扱いを受ける羽目になるとは、神ならぬ身の十蔵の与り知らぬことであった。

「今年は豊作だそうですね」

人心地付いた綾女が、案じ顔で問うてきた。

「さぞ米の値が下がりましょう」

「良し悪しってのは、こういうこったぜ」

「ご内証、やはり厳しゅうございますのか？」

「安心しなって。お前さんと赤んぼの喰い扶持ぐれぇ、何としても稼いでくるさね」

この夏は梅雨が長引いたために東国の各地で河川が氾濫し、江戸の近郊でも大水による被害が出たが、東北の米どころに被害は及んでいなかった。

豊作になれば米の値段は自ずと下がる。年貢米を唯一の収入源とする武士は手放しに喜べぬ話だが、白い飯を腹一杯になるまで食えるのが幸せな江戸の庶民にとっては歓迎すべきことだった。


その日の午後、十蔵と壮平は連れ立って同心部屋を出た。

北町奉行所を後にして、呉服橋の御門を潜る。

「木挽町《こっち》まで来んのは久しぶりだなぁ、壮さん」

晴れ渡った冬空の下、十蔵は野太い声でつぶやいた。

「我らが住む八丁堀とは目と鼻の先なれど、用向きが無くば参らぬ故な……」

「俺たちが出張るに及ばねぇのは良いこったぜ」

「まことだの」

十蔵と壮平が赴いたのは、日本橋の木挽町だ。

三十間堀《さんじっけんぼり》の東の岸に沿い、一丁目から七丁目まで続く木挽町は、後の世の銀座《ぎんざ》一丁目から八丁目と重なる一帯。

二人が足を止めた木挽町の五丁目は、後の世の銀座五丁目辺り。

通りに面した一画に芝居小屋がそびえ立っている。

瓦で葺かれた屋根の中央には櫓《やぐら》。

民の暮らしを締め上げるばかりの幕府が特例として興行を認めた、官許の芝居小屋であることの証しだ。

「ほんとに久しぶりだなぁ」

どんぐり眼で櫓を見上げ、つぶやく十蔵の声は嬉しげ。

「まことだの」

言葉少なに頷く壮平も、端整な顔を綻ばせていた。

今は休演中のため、幟《のぼり》はもとより櫓にも幕など張られておらず、枠木が剝き出しになっている。

続いて二人は楽屋に向かった。

「邪魔するぜ」

「御免」

「おや、旦那がた」

暖簾を割って顔を見せた二人を迎えたのは南北だ。

やぶにらみの強面に気のいい笑みを浮かべている。

神無月に入り、華のお江戸は歌舞伎の顔見世興行に寄せる期待に沸く。

十蔵と壮平は人気の高い二丁町の中村座と市村座ばかりではなく、森田座にも力を入れるべく心がけていた。

森田座の舞台では、役者衆が稽古中。

演出を兼ねる南北が居ない間も手を抜かず、熱が入っているのを十蔵と壮平は垣間見てきた後だ。

「幸四郎に半四郎と来れば鬼に金棒だ。鶴十郎も一緒なんだろ？」

「へい、おかげさんで」

十蔵の問いかけに、南北は強面を緩めて言った。

実を明かせば、先月から顔を合わせてはいない。

「何よりだったの。修業を重ねし立ち回りで父親の舞台の助けになりたいと、以前に熱を入れて申しておった故な」

壮平の言葉にも、南北は愛想笑いをするばかり。

「その鶴十郎が抜けた穴埋めに、三津五郎が中村座に行くそうだぜ」

十蔵が思い出した様子で言った。

鶴十郎の年俸は三百両ばかりだ。

穴埋めではなく、三津五郎が自ら望んで抜けたのだろう。

「とんだ割りを喰わされてしもうたな。三津五郎はかねてより森田座に並々ならぬ肩入れをしておったと申すに」

「長えこと張り合ってきた歌右衛門と同じ舞台《いた》の上に立たなきゃならねぇとなりゃ、尚のこと堪《こた》えるだろうぜ……」

北町の爺様たちのやり取りに、南北は口を挟まない。

実際には三津五郎が中村座への出演の合間を縫って、森田座の芝居に出ることになっている。

思い入れが尽きない森田座に報いたいと、余人には明かさずにいることだ。

知っているのは金主の二人と南北、そして鶴十郎の四人のみ。

その鶴十郎が何を考え、悩んでいるのか、南北は未だ気付けずにいた。

木場《きば》の大釣鐘《おおつりがね》

一

「ところで旦那がた、御用向きは何でございやすかい」

南北が十蔵と壮平に向かって問うてきた。

暖簾を潜った二人を楽屋の入り口に立たせたままにしておきながら、やぶにらみの強面に気のいい笑みを浮かべていた。

「お前さんこそ、どうして森田座の楽屋に居るんだい」

「ようやっと台本《ほん》を書き終えやして、座頭に見せに来たんでさ」

「そうかい。八代目を訪ねてきたのかい」

十蔵は合点がいった様子で頷いた。

江戸三座をそれぞれ取り仕切る座頭は、座元《ざもと》とも呼ばれている。

森田座の座頭である森田勘彌《もりたかんや》は八代目。

八代に亘って世襲されてきた名前は、役者としての名跡でもある。

歴代の森田勘彌が座頭を務める森田座は、同じ木挽町に芝居小屋を構えていた山村《やまむら》座が江島生島《えじまいくしま》の一件で廃絶された後も存続してきたものの、二丁町の中村座と市村座ほどには客が入らず休演しがちであった。

「いい金主が見付かって、ようやっと八代目も報われたな。芝居に身を入れようにも代々《でえでえ》続いた一座の切り盛りにかかりきりで、どうしたって算盤勘定に頭が行っちまうばっかりだったんだろ?」

十蔵が感慨深げにつぶやいた。

「そういうことぞ。さりとて三津五郎が森田勘彌の名跡を譲り受けるのは、これまで籍を置いておった市村座はもとより中村座も、未だ許す気配がないそうだ」

付け加えたのは壮平だ。

「どっちの一座も大和屋《やまとや》と加賀屋《かがや》が張り合ってんのを売りにして、何年も稼いで参りやしたからねぇ……承知するはずがございやせんよ」

十蔵と壮平の言葉を受けて、南北はしみじみとつぶやいた。

不入りが続いた森田座は、休演を余儀なくされるたびに控櫓《ひかえやぐら》として興行を代行することを御公儀から認められた河原崎座《かわらさきざ》に、そして森田座に並々ならぬ思い入れを抱く大和屋こと三代目坂東三津五郎に頼る部分が大きかった。

歌舞伎役者たちは一年ごとの契約を江戸三座のいずれかと取り交わし、双方に不満が無ければ更新される。

もとより内証の苦しい森田座に、人気役者を抱える余裕はない。

そこで三津五郎は市村座に身を置きつつ、客演という形で森田座の舞台に立つのを常としていた。

市村座の舞台に穴を開けた分を、自腹で補塡《ほてん》しながらのことである。

厚意はあり難いが、このままではいけない。

故に勘彌は奔走《ほんそう》し、ついに待望の金主を見つけたのだ。

「して南北、おぬし八代目に会うたのか」

「生憎とまだなんでさ」

壮平に問われた南北が答える。

「朝餉《あさげ》もそこそこに出かけちまったっきりだそうですよ」

「誰に聞いたんだい？」

「舞台でとんぼ返しの稽古をしてる、若え連中《わけ》でさ」

「それでおぬし、独りで楽屋に居ったのだな」

「そういうこってさ。しばらく待っておりやしたが一向に戻らねぇんで、出直そうかと思ってたとこに、旦那がたがお出でなすったんで」

「そんなに手持ち無沙汰だったのかい」

「へい、かれこれ四半刻ほど」

「だったら若え連中に稽古でも付けてやんなよ。いつまでもくるくる回ってばっかりじゃ埒が明くめぇ」

「あっしが役者衆に口を出せるのは台本が通ってからのことでさ。それにお言葉じゃございやすが、とんぼ返し一つを取っても年季が要りやすんでね」

「そういや鶴の字も、同じようなことを言ってたな」

「八森の旦那、倅《せがれ》に会いなすったんですかい？」

十蔵の一言に南北が食いついた。

「ああ？　ちょいと行きずりでな」

返す十蔵の答えは戸惑い気味。無事に済んだとはいえ、危うく刺されそうになったところに居合わせたとは明かせまい。

「どんな様子でござんしたか」

軽くはぐらかそうとしても、南北は食い下がる。

「達者でやっておるようだ。とんぼの冴えも相変わらずであったぞ」

「それじゃ旦那がたの前で、ご披露したってんですかい……」

壮平の事実を交えた口添えに、南北は溜め息を吐いた。

「まぁまぁ、鶴の字にゃ今度会ったら俺たちからもしっかり意見をしておくさね」

「お頼みしやすよ、八森の旦那……」

南北は重ねて溜め息を吐いた。

やぶにらみの強面に、もはや気のいい笑みは見出せない。

その機を逃さず、十蔵と壮平は口々に言った。

「それはそうと、いつまでも立ち話ってわけにもいくめぇ」

「八代目が留守と申すに悪いが案内を頼む。奥にて待つと致そうぞ」

しかし、南北は二人を楽屋の奥に通そうとはしなかった。

「そういや旦那がた、御用向きは何だったんでございやすかい」

「へっ、御用ってほど大したことじゃねぇやな」

南北に問われた十蔵は答えながらも、不審を覚えていた。

今日の南北は、どこかおかしい。

鶴十郎の話になるまでは強面にらしからぬ笑顔を絶やさず、十蔵と壮平を楽屋口に留めておこうとしていたのだ。

表から風が入り込む楽屋口に立たせっぱなしとは気の利かぬことだが、辛抱できぬ程ではなかった。

広い楽屋内に暖気が漂っている。

まるで火が焚かれているかのように暖かいのだ。

しかし、今日は亥の子の日である。

武家では炉開きをして火鉢と炬燵を使い始めるが、町家は二の亥まで待たなくてはならない。

かつて不当に貶《おとし》められていた歌舞伎役者の地位が向上し、羽振りも世間体も格段によくなったとはいえ、御公儀から士分並みの待遇を認められたわけではない。まさか亥の子の日から火鉢を使い、部屋を暖めているはずがなかった。

二

「どうしなすったんですかい、旦那？」

南北が怪訝そうに問うてきた。

問い質したいのは十蔵のほうだった。

とりあえず、訊かれたことに答えておく。

「そんなに手間ぁ掛けねぇよ。時代狂言で大部屋の連中が使ってる衣装をな、ちょいと検めさせてもらいてぇだけさね」

「ああ、いつもの御役目でござんすね」

「そういうこった」

合点した様子の南北に、十蔵は苦笑交じりに答えた。

「何しろ森田座はしばらくぶりだからな。いざ本番って時に当てにしていた衣装が見当たらなかったら、七変化をするつもりか二つか三つで終わっちまうだろ？」

「旦那がたの早変わりにゃ、流石の三津五郎も顔負けでござんしょう」

「馬鹿を言うない。同じ時代狂言でも、主役の早変わりは別物だろうが」

十蔵が言う時代狂言とは、権力者が悪人となる作劇が御政道批判と見なされるのを避けるために、物語の舞台が過去の時代——主に源平の争乱や南北朝動乱の頃に設定された、歌舞伎の演目のことである。

あくまで作り話で昔の話、本物の上《うえ》つ方《かた》を悪く描いているわけではありません、と言い訳が立つようにする一方、街並みや服装といった時代の風俗は上演された当時のままであった。

とりわけ大部屋の役者衆が扮する通行人の衣装は、観客の町人たちと何ら変わらない。商家のあるじから職人や物売りに至るまで取り揃えられた衣装は、十蔵と壮平が楽屋で着替え、客席に紛れ込んだ掏摸や置き引きを密かに捕らえる際の変装にもうってつけなのだ。

「いつもながら御役目ご苦労様でございやす」

「痛み入る」

今度は壮平が答えた。

南北の態度が不自然であることは、こちらも承知。

故に間髪を容れず、こう申し入れたのだ。

「左様な次第なれば邪魔を致すぞ」

「お待ちくだせぇやし和田の旦那。まだ座頭が戻っちゃいねぇんですよ」

「大事あるまい。八森が言うたとおり、ちと衣装の品揃えを検めるだけなのだ」

「そう言わねぇで、もうちっとだけ話をさせてくだせぇやし」

南北は尚も食い下がった。

気のいい笑みを浮かべたままでのことである。

南北は顔の形こそ老いても美男の壮平と同じ細面だが、眉は十蔵に迫るほど太い。鼻筋も壮平と同様に通っていたが、鼻そのものが高すぎる上、孔が左右に広がっているために、厳めしい印象が先に立つ。

芝居に関しては一切の妥協を許さず、やぶにらみの右目と口許を歪める癖で相手を挑発し、威嚇するのが常だったが生来の性根は明るく、人を笑わせることに情熱を傾ける質であるのを、十蔵と壮平は知っていた。

それにしても、今日は愛想が良すぎる。

「仕方ありやせんね」

南北が更なる笑みを浮かべた。

ようやく奥に案内をされるのかと思いきや、言い出したのは予期せぬ誘い。

「木挽町はお久しぶりでござんしょう？　お忙しいとは存じやすが、ちょいと遊んで行ってくだせぇよ」

「何だって」

「遊んで参れ、となア」

「よろしかったら芸者も呼びやすよ。若え綺麗どこは歌舞音曲《かぶおんぎょく》の稽古に出かけまった時分でござんしょうが、姥桜《うばざくら》ならすぐに参りやす。失礼ながら勘定はぜんぶ持たせていただきやすんでご心配には及びやせん。ささ、急き前で参るとしやしょう」

「そのへんにしときな、先生」

気のいい笑みを浮かべたままの南北に、十蔵はずばりと問うた。

「お前さん、さっきから何を隠しているんだい」

「何のこってす」

「はぐらかすでない」

壮平も鋭く問いかけた。

「何故に私と八森を通そうと致さぬのか、存念あらば申すがよい」

「…………」

有無を許さぬ問いかけに、南北は言葉を返せない。

十蔵と壮平は草履を脱ぎ、楽屋に足を踏み入れた。

「ほんとに暖けぇな」

十蔵が不思議そうにつぶやいた。

足を止め、後に続く壮平に向き直る。

「なぁ壮さん、やけに暖かいと思わねぇかい」

「ふむ、たしかに熱が籠もっておるの」

「町方の炉開きは一回りも先なのによ、妙なこったぜ」

「我らの体が冷えておるせいでもあろうぞ」

「いや、こいつぁ火を焚いてるからに違いねぇぜ」

「あり得ぬことを申すでない」

「俺だって、そう思いてぇのは山々だけどよ、この暖かさは暑い盛りに山ん中で迷っちまって、さんざ歩き回った末に見《め》っけた湧き水みてぇなもんだぜ」

「それ程か」

「それ程だよ」

十蔵は真面目な顔でうなずいた。

「妙な譬えなれど、寒がりのおぬしが口上と思えば領けるの」

「そうだろ。どこぞで火を焚いてるんじゃねぇのかい」

「そいつぁ七輪《しちりん》でござんしょう」

ぼそりと言ったのは南北だ。

「七輪だと」

「若え連中が稽古を始める前に、饂飩《うどん》を煮たそうでさ」

「そんなの出前を取ればいいだろが」

もはや十蔵は取り合わない。

楽屋は奥に行くほど暖かい。

「ん？」

ふと十蔵は目を剝いた。

ちんちんちん……。

小気味よい音が聞こえるのは、暖簾で仕切られた一角。

座頭が主だった役者と座付き作者を囲み、台本の打ち合わせをする場所だ。

「おい」

十蔵は暖簾の向こうに問いかけた。

ちんちんちん……ちんちんちん……。

答えの代わりに聞こえてくるのは小気味よい音ばかり。

のみならず、湯気まで漂ってくる。

十蔵はおもむろに暖簾を割った。

十蔵が更にどんぐり眼を見開いた。

啞然と向けた視線の先には長火鉢。

火皿に盛られた炭が明々《あかあか》と燃え、五徳《ごとく》の上で鉄瓶が湯気を上げていた。

「だ、旦那がた」

長火鉢の向こうで慌てた声を上げたのは、痩せぎすの五十男。

羽織の紋は胡瓜《きゆうり》の片喰《かたばみ》。

喜《き》の字《じ》屋こと、八代目森田勘彌に相違なかった。

三

十蔵は無言でどんぐり眼を巡らせた。

楽屋には長火鉢に加えて小火鉢が置かれていた。一尺（約三〇センチ）四方の台に火皿を取り付けただけの簡素な代物だが、独りで暖を取るにはちょうどよい大きさだ。

茶の湯に用いる炉に限らず、火鉢に炬燵の使い始めも『炉開き』と呼ぶのは炭火を熾《おこ》して湯を沸かし、暖を取る器具であるからだ。

重要なのは器としての『炉』ではなく、人の暮らしに欠かせぬ火そのもの。もとより神聖な存在である火に対する感謝を込め、年中の行事として執り行うことに意義があるのだ。

「おう八代目、性根を据えて返答しな」

どんぐり眼を鋭く向けながらも、声まで荒らげはしなかった。

「俺ぁ何も、炉開きってのは堅苦しくやらなきゃいけねぇって言いてぇわけじゃねぇんだよ。現に俺も朝の内に済ませてきたが袴なんぞは穿かねぇで、いつもの紋付に黄八丈で通しちまったからな」

「八森の旦那……」

「お前さんがやったこととは思わねぇ。南北と俺たちが来る前に炉開きをしていったのは何処のどなたなんだい」

「…………」

黙して答えぬ勘彌に、十蔵は続けて問いかけた。

「お前さん、何を抱え込んでんだい」

「あ、あっしが何か抱え込んでるみたいに見えなさるんですかい？」

「そうでなきゃ訊かないよ」

「と、とんと分かりやせん」

「震え声でごまかそうったって、無駄なこったぜ」

「…………」

「思ったこと言わざるは腹ふくるるわざって言うぜ。早いとこ吐いちまったらどうなんだい？」

「八森」

割って入ったのは壮平だった。

「すまねぇな壮さん、邪魔ぁしねぇでくれるかい」

「左様に申すな。見逃せぬのは分かるが、これから我らには問い質さねばならぬ相手が他に二人、小伝馬町にて待っておるのだぞ」

「あっちは待っちゃいねぇと思うけどな」

「とにかく、落ち着いて話を致そう」

壮平はそう告げるなり、長火鉢に躙《にじ》り寄る。

「壮さん？」

十蔵が驚いた声を上げたのも、無理はない。

壮平は茶を淹れる支度を始めたのだ。

「せっかくの湯が冷めてしもうては勿体《もったい》なかろう」

「そりゃそうだがよ」

「おぬしたちも、しばし待て」

南北と勘彌にもそう告げて、壮平は傍らの水屋《みずや》に手を伸ばす。

「………」

楽屋内に居るのは四人きりだった。

森田座の役者衆は鶴十郎が楽屋に入ったことを知らずに、未だ舞台で稽古中。

道具方の面々も久方ぶりの顔見世興行に万全の態勢で臨むべく、舞台裏での調整に勤しんでいる。

「………」

せっかく沸いた湯が勿体ないと茶を淹れ始めた壮平を、十蔵は無言で見やる。

傍らの南北はむっつりと押し黙り、勘彌は今にも気を失ってしまいそうなほど青い顔になっていた。

炉開きは、一家の当主がすることだ。

十蔵と壮平も、かねてより勘彌とは面識がある。

座元としても役者としても、長らく不遇でありながら前向きだ。

その愚直さが好もしい。

少なくとも分をわきまえず、亥の子の日に炉開きをしてしまう愚か者ではない。

「……やりやがったのは、よっぽどのさむれぇ嫌いだろうぜ」

「おぬしも左様に判じたかのか、八森」

十蔵のつぶやきに壮平が食いついた。

「それじゃ壮さんも、かい？」

「左様に判ずれば合点がいくのだ。炉開きを済ませし楽屋に最初に入ったのが我らでなくば無事では済まなんだぞ」

武家と同じ亥の子の日に、炉開きを執り行う。

それは仮にも武士である十蔵と壮平を前にして、不遜と受け取られても仕方のない所業であった。

武家では神無月を迎えて最初の亥の日、すなわち亥の子の日に一家の当主が屋敷内の火鉢と炬燵に火を入れる。

茶道で夏と秋に用いた風炉《ふうろ》が炉に切り替わるのも亥の子の日で、屋敷内に茶室を構える家では文字どおりの炉開きを作法に則《のっと》り、厳粛に執り行う。

以上は武家のしきたりで、町家では干支《えと》が一巡りした二の亥が炉開きだ。

それまでは火鉢も炬燵も茶室の炉も、使ってはならないのである——。

四

口を閉ざしたままの二人を前にして、壮平は黙々と茶の支度を進めていく。

長火鉢の端に置いた猫板に、四つの碗をそっと並べる。

縁起物の花鳥《かちょう》が鮮やかに描かれた、小ぶりの色絵《いろえ》碗だ。

森田座が休演を余儀なくされた最後の日、この楽屋を訪れた十蔵と壮平に供された茶は古びた上に厚手で大ぶりの、はんぺんじみた碗に注がれていたものだ。

「その茶碗、いいもんだな。誰が見立てたんだい？」

「へい。森田座再興の祝いってことで、楽屋に置いてもらうことにしやした」

十蔵の問いかけに答えたのは南北だ。

静かになった鉄瓶に、壮平が手を伸ばした。

手ぬぐいを添えることなく、まだ熱を帯びている弦《つる》を摑んで傾ける。

四つの碗に湯を注いだ壮平は、続いて茶筒を手に取った。

木匙で茶葉を掬《すく》う手付きは滑らかだ。

「そいつぁ今出来の伊万里《いまり》だろ」

「当たりでさ」

十蔵のつぶやきに、ぼそりと南北が答える。

「まだ若え職人の作だそうですが、いい仕事をしておりやす」

「そうだなぁ」

十蔵は破顔一笑した。

「それじゃ頂戴しようかい」

「旦那」

「話は後だ。せっかくの一服を冷ましちまうわけにゃいかねぇや」

「へいっ」

壮平は手早く茶を注ぎ分けた。

小ぶりの碗を選んだのは、楽屋を訪れる贔屓筋には年配の者が多いからだ。

男は齢を重ねると、小便が近くなる。

厠《かわや》に立ち寄る回数を減らすには、湯茶を飲む量を控える配慮が欠かせない。

冷え込みが厳しくなる時期は尚のことだが、十蔵には寒がりという生来の弱点まである。

そんな気遣いが通じたのか、

「あー美味ぇ。壮さん、もう一服くんねぇかい」

十蔵は機嫌よく、お代わりまで所望した。

「伊万里と申さば、職人衆は未だ苦労が絶えぬそうだの」

茶を淹れながら壮平がつぶやいた。

「そうらしいなぁ。阿蘭陀との商いで色絵焼が売れなくなっちまったもんだから、御公儀が買い上げてくれねぇんだろ？」

「よく存じておったな、八森」

「源内のじじいに用心棒代わりに連れて行かれた長崎で、その時のカピタンが偉そうにぬかしてやがったんだよ。焼きもんは唐土のケイトクチンから安く仕入れることができるようになったんで、アリタヤキのイロエはもういらない。これまで贔屓にしてくれてた西欧《むこう》のお貴族さんの屋敷に持ってっても、高すぎるって見向きもされねぇんだとよ」

「源内先生が最後に長崎へお出でになられた年か」

「あの年は庚寅《こういん》だな。神無月の半ばにお江戸を発って、ちょうど三十日がとこで着くから初午にゃ帰れると踏んでたんだが、源内のじじいが上手え儲け口を探して粘りに粘りやがったもんで、気が付いたら皐月になってたよ」

「先生は血迷うて、絵付けの顔料にアンチモンを使《つこ》うておる器を買い付けようとなさ
れたと申すのは、その時か」

「どうして知ってるんだい」

「以前に話してくれたではないか」

「……懐かしゅうございやすねぇ」

二人の話に耳を傾けていた南北が、ぽつりと言った。

「あっしも源内先生とはご縁がありやしたよ」

「知ってるぜ。紛《まが》いもんの牛を使った見世物の台本を書かされたんだろ？」

「当たりでさ」

南北は強面に苦笑を浮かべた。

「その源内先生にあやかって、ひとつ申し上げてもよろしいですかい」

「言ってみな」

「森田座《もりたざ》の炉開きをしなすったのは、座元じゃございやせん」

「八代目じゃねぇのかい？」

「神懸けてお誓い致しやす」

「そう気張るなよ。還暦もまだの若造が大きく出るない」

「旦那こそまだまだお若えですぜ。米寿どころか喜寿の祝《いえ》も、十年がとこ先の話でござんしょう？」

「む」

南北の切り返しに、十蔵は二の句が継げない。

「一本取られたの、八森」

判定を下した壮平は、茶托の碗に手を伸ばす。

「参った」

十蔵は潔く負けを受け入れた。

相手構わずに些細なことで勝負を挑み、上に立ったと思い込みたい、困った輩とは違うのだ。

(面目ありやせんねぇ、先生。俺もまだまだ若造みてぇで……)

胸の内でつぶやいた告白の相手は、杉田玄白《すぎたげんぱく》。

今年で八十になる玄白は、若狭小浜《わかさおばま》十万三千五百石の酒井《さかい》家で藩医を務めた父親の後を継ぎ、後に藩主付きの奥医師となった人物だ。

玄白は二十一の年に江戸詰めを命じられ、後に『解体新書《かいたいしんしょ》』を世に出す同志たちと知り合った。

その一人が十蔵の亡き師匠である、平賀源内だったのだ。

奇才にして常に非ざる変人だった源内を見放さず、罪を犯して収監された小伝馬町の牢内で病に果てたことを惜しみ、亡骸の引き取りを許されずに憤りながらも哀悼《あいとう》の意を捧げ、葬儀を取り仕切った。

玄白は昨年に筆を起こした回顧録で、源内のことも取り上げるという。

祖父の代から蘭方の医術を伝える家に生まれ、若狭小浜十万三千五百石の酒井家で藩医を務めた父の後を継ぎ、家伝の漢方に留まらず蘭方の医学を修めた人物が、なぜ源内に思い入れが強いのかは、定かではない——。

「何としたのだ、おぬし」

壮平が心配そうに十蔵へ呼びかけた。

また綾女の体調を案じているのではないか、と思われたらしい。

「心配するない。ちょいと杉田先生に言われたことを思い出してな」

「杉田玄白先生か」

その名を口にするなり、壮平の声が敬意を帯びた。

無理もないことである。

和田家に婿入りする前の壮平は、工藤平助門下の蘭方医だ。

独立して自ら開業をするまでには至らなかったものの、平助に代わりを命じられて対応した診察と治療の数は、そこらの医者に引けを取らない。

そして江戸へ下る以前、異国の血を引く子どもの常として丸山遊郭《まるやまゆうかく》の中で籠の鳥にされた壮平に初歩の教えを授けてくれた町医者も地元の利を活かし、阿蘭陀渡りの医術を学んだ身であった。

「喜寿を迎えられて、今年で三年だの」

「次にゃ米寿が控えているぜ」

「その次は卒寿ぞ」

「そしたら百も目の前だ」

「一日も長う、ご息災であられるように願い上げたきものぞ」

「そうだよな。源内のじじいの分まで、長生きをしてもらわねえとな」

文武ならぬ文理の両道で多彩な能力を発揮した源内は、讃岐《さぬき》十二万石の松平家に仕えた足軽の三男坊だ。時の藩主だった松平讃岐守頼恭《よりたか》に認められるも自ら望んで職を辞し、江戸に下って名を成した。

玄白は同じ三男坊でも早世した兄に代わって小浜藩医となり、江戸詰めを機に源内らと知り合った後も御役目に精勤し、藩主付きの奥医師に出世した。

その源内が十蔵と知り合ったのは、老中に成り上がった田沼主殿頭意次から打診を受けて秩父の山々を巡り歩き、銀の鉱脈を探していた最中だった。

「……実はここんとこ、源内先生の夢ばっかり見るんでさ」

「あのくそじじい、夢ん中でも人様にしょうもないことを仕掛けてくんのかい？」

「それが違うんでさ。あっしの筆が止まってるとこについて、これこれこうすりゃいいって教えてくださるんですがね、その答えが碌でもねぇんでさ」

「やっぱりしょうもないじゃねぇか。あのじじい、死んでも変わっちゃいねぇや」

五

茶を喫《きっ》したことにより、勘彌も落ち着いたらしい。

「旦那がた、どうか南北先生を責めないでやっておくんなさい」

十蔵と壮平の前に膝を揃え、勘彌は深々と頭を下げた。

「…………」

「何とか言ってくだせぇやし八森の旦那。和田の旦那も、お願いしやす」

懇願する態度は、常にも増して弱々しい。

長火鉢のおかげで、楽屋の中は変わることなく暖かかった。

寒がりの十蔵は、思わず頬が緩みそうになる。

ちんちんちん……。

「答えよ、南北」

南部鉄器ならではの小気味よい音が続く中、今度は壮平が問いかけた。

「和田の旦那!?」

焦る勘彌には、目も呉れない。

「町方の炉開きが二の亥……本日より一回り先であることは、干支を覚えたばかりの幼子も存じておることぞ。それを知らなんだと申すのか」

「…………」

南北は答えない。

熱くなった弦に手ぬぐいを添え、そっと鉄瓶を火から下ろす。

「おい南北！　何とか言ってみやがれい!!」

十蔵が怒りも露わに南北を睨《ね》め付けた。

それでも南北は答えない。

「先生、有り体に申し上げよう！」

耐えかねた様子で勘彌が言った。

「八代目、あっしから申し上げやすよ」

「先生？」

「これからはあっしも森田座の世話になる身。大事な一座を潰させるわけにゃいきやせんぜ」

「先生……」

言葉を失う勘彌から、南北は視線を外した。

「旦那」

十蔵に向き直りざま、告げる声には真摯な響き。

「深川じゃ、さむれぇは大した嫌われもんなのをご存じですかい」

「そうだろうなぁ。俺は八森の家へ婿に入ったばっかりの頃に、蒲焼《かばや》きって言われたことがあるぜ」

意を決した様子の南北に対し、十蔵は思わぬことを言い出した。

「蒲焼き、ですかい」

話の腰を折られながらも、南北は問い返す。

それは物書きの性《さが》というものだった。

知らないことを耳にして、最後まで聞かずに済ませては勿体ない。

「種を明かせばくだらねぇぜ」

十蔵は強面に苦笑を浮かべて見せた。

「焼く前に蒸した身が崩れちまわねぇように、串を二本刺すだろ」

「二本差し、ってことでございやすね」

「へっ、期待外れって面ぁしやがった」

十蔵は苦笑を浮かべたままで続けて言った。

「その頃は俺も壮さんも三十を過ぎたばっかりだったんだが、鰻は蒸したのを甘辛ぇタレに漬けて焼くもんになっててな、その昔にゃ丸焼きにして客に出してた様が蒲《がま》の穂みてぇだったから名前が付いたって言うけどよ、さぞかし太ぇ一本差しだったんだろうぜ」

「一本差しならお武家じゃなくてもできやすねぇ」

「俺たち町方の同心も、実を言や一本差しで障りがねぇのだぜ。俺は剣術は不得手だからよ、いっそ丸腰のほうがスッキリするけどな」

「旦那……」

「それじゃ、さっくり明かしてもらおうかい。お前さん方に無理を強いることのできるさむれぇ嫌いの野郎の話をな」

「……へい」

すでに十蔵は答えを出しているらしい。

観念した南北は、炉開きをしていった相手のことを余さず明かした。


話が終わった時、勘彌はぐったりと倒れ伏していた。

「大事ないが疲れが溜まっておるようだ。しばし横にさせてやれ」

壮平は昔取った杵柄《きねづか》で、そう診立てた。

楽屋には仮眠が取れるように寝具も備え付けてある。

「煎餅《せんべい》布団に綿をけちった夜着しか置いちゃいねぇが、今日はでぇぶ暖けぇから風邪を引き込むこたぁあるめぇよ」

十蔵は気を失った勘彌を抱え上げ、南北が敷き伸べた布団に寝かしつけた。

「医者を呼んだほうがいいんじゃねぇですかい」

南北は気が気ではない様子。

「大事ねぇって壮さんも言ってただろ。第一、ここらの医者は藪ばかりだぜ」

「ほんとですかい？」

「くれぐれも怪我をしねぇように気を付けな」

「そいつぁ、あっしが旦那がたに申し上げるこってすよ」

「何でぇ、俺たちが乗り込むって分かったのかい？」

「くれぐれも穏便にお願い申し上げやす、と言っても無理でござんしょうね」

南北は思い切り顔を顰《しか》める。

それでいて、やぶにらみの目に浮かぶ光は明るかった。

六

木場は蔵前と並ぶ、不景気知らずの町である。

蔵前に軒を連ねる札差に対し、木場を占めるのは材木問屋。

札差が扱う米と同じく、材木は人の暮らしに欠かせぬもの。

火事が多い江戸の町においては尚のことだ。

焼け太りと揶揄《やゆ》されるとおり、火事の後こそ儲けが大きい。

そして大口の需要が生じるのは、被災した町の復興だけではない。

千代田の御城の補修をはじめとする、御公儀に関連した工事である。

金を出すのは御公儀だけではない。

御手伝普請《おてつだいぶしん》と称して大名家に費用を負担させ、負担を軽減するのは、江戸に幕府が開かれて以来の常套《じょうとう》手段だ。

藩祖が徳川家と対立し、関《せき》が原《はら》の戦いに敗れるまで臣従《しんじゅう》せずにいた外様の大名家は目を付けられやすい。

今や将軍家の外戚《がいせき》となった薩摩《さつま》の島津家でさえ、宝暦《ほうれき》の世に木曾《きそ》・長良《ながら》・揖斐《いび》の三川の治水工事で多大な犠牲を払わされたのだ。

苛烈《かれつ》な負担を強いられる大名家の苦渋など、材木問屋は斟酌しない。

金はあくまで金である。

出どころが何処であれ、儲かりさえすれば構わない。

木場の旦那と呼ばれる材木問屋のあるじたちは、したたかにして豪胆《ごうたん》な者ばかり。

その一人が越前屋茂兵衛《えちぜんやもへえ》である。

還暦を過ぎて久しいとは思えぬほど、意気盛んな男であった。

茂兵衛が出先から戻ったのは昼の八つ下がり。

老いても頑健な体を紋付袴の正装で固め、用心棒代わりの手代を一人だけ連れての外出だった。

「はっ、毎年のこったが楽じゃねぇやな」

大口を開けてぼやいた茂兵衛は肩から着物を滑り落とした。

真っ先に脱ぎ捨てた黒紋付は、足元に放り出されている。

続いて茂兵衛は袴紐を解き、すとんと足元に落とした。

「はっ、すっかり肩が凝っちまったい」

ぼやき声と共に露わになった背中は、襦袢越しに見ても逞しい。

本多に結った髪こそ白いが、両の腕も肩も、肉が盛り上がっている。

無闇に鍛えただけの体ではなかった。

体を使い、日々の労働で培われた肉体であった。

齢に似合わぬ迫力の源は、体つきだけではない。

「ったく、紋付って奴ぁ窮屈でいけねぇや」

ぼやきながら半襦袢を脱いだ途端、大きな釣鐘《つりがね》が露わになった。

背中に入れた彫物だ。

伏せた釣鐘は炎に包まれ、異形《いぎょう》の大蛇が巻き付いている。
釣鐘に巻き付いた大蛇の頭部は、黒髪を乱した若い女人。
世に名高い娘道成寺《むすめどうじょうじ》――安珍《あんちん》と清姫《きよひめ》の恋物語の、末路の場面だ。
「いつもながら見事なもんでございやすねぇ」
脱いだ衣を畳んでいた手代が、しみじみとつぶやいた。
「はっ、当たり前のことを言うんじゃねぇや」
下帯一本になった男が向き直る。
十蔵に負けず劣らず、厳めしい面構えだ。
この男の名は茂兵衛。
店の屋号は越前屋。
来る顔見世から森田座の金主を引き受ける運びとなった、材木問屋のあるじである。
諸国の山々で買い付ける材木の質と仕入れ値の塩梅《あんばい》。
筏《いかだ》に組んで川伝いに江戸まで運び、木置場に蓄える頃合いを読む勘の良さ。
材木を運ぶ人足衆――川並《かわなみ》を束ねる貫禄も余人を寄せ付けない。
茂兵衛にとって、武士など恐れるには値しない。
故に今日は亥の子の日と承知の上で、炉開きをして廻ったのだ。

紋付袴で木場から出張った先は、木挽町の森田座だけではない。

深川界隈に所有する貸し屋や長屋にも一軒ずつ足を運び、いやがる店子たちに構うことなく、全ての炉に火種を入れて廻ったのだ——。


廊下を駆ける足音が聞こえてきたのは、着替えを終えた時だった。

「だ、旦那っ」

腕に覚えの手代の一人だ。

その手代が子どもの如く転がされ、呻きを上げる。

「おう越前屋、無体が過ぎるんじゃねぇのかい。後先《あとさき》を考えねえにも程があるぜ」

「てめぇは……」

敷居の向こうに現れた男を、茂兵衛は驚きと共に見返す。

「思い出してくれたみてぇだな。三十年がとこ前に不覚を取って、貯木場《ちょぼくじょう》の水ん中に叩き込まれた見習い同心よ」

「い、今になって意趣返《いしゅげえ》しかっ」

「違うよ。無体が過ぎるってのは、森田座のこった」

「何ぃ」

「長屋の店子たちにも無理やり炉開きをさせたそうじゃねぇか。え？」

ずいと十蔵は敷居を越える。

図らずも対峙することとなった、若き日の敵との再会であった。

冷や水を乾《ほ》す

一

いま一人の手代は、年嵩《としかさ》だけに抜かりがなかった。

「旦那、下がっておくんなさい」

若い手代が気を失ったまま動けないと見て取るや、自ら盾となって茂兵衛を庇う。

加勢を呼ぼうとしないのは、店に乗り込んだ十蔵の行く手を総出で阻もうとするも太刀打ちできず、すでに打ち倒されたと判じたが故であろう。

「お前こそ下がってろい、龍《たつ》っ」

「旦那が直々に相手をなさるまでもありませんよ。お任せくだせえ」

「馬鹿やろ、こいつぁ町方の役人だぞ」

「御言葉ですが違いやすよ。八丁堀らしいもんは何一つ持っちゃいねぇし、こいつぁ金目当ての騙り野郎でございやしょう」

茂兵衛を後ろ手に庇ったまま、龍と呼ばれた手代は右手を胸元に差し入れた。抜き放ったのは、柄《つか》を除いた長さが一尺（約三〇センチ）余りの木刀だ。

武士が腰にする脇差よりは短いが、血の気の多い無頼の男が懐に忍ばせる九寸五分《くすんごぶ》の短刀に比べれば、刃に当たる部分はもとより柄も長めで頼もしい。

「その柄ぁ小太刀じゃねぇだろ。刀と同じ長さの木刀を削って拵《こさ》えたのかい」

「よく分かったな、爺さん」

「剣術は不得手でも稽古だけは、散々やらされてきたんでな」

うそぶく十蔵は刀ばかりか、脇差も帯びてはいなかった。

黒紋付も羽織っておらず、黒染めの黄八丈が露わになっている。足袋は廻方同心の目印である裏白の紺足袋ではなく、普通の黒足袋だ。

何より目立つ黒紋付を脱いできた十蔵は、寒さを凌ぐために長襦袢を自前の半襦袢に重ねて着込み、股引を穿いていた。目を覚ました勘彌に断りを入れて森田座の楽屋から持ち出した、大部屋の役者の衣装である。

小銀杏に結った白髪頭は、丸腰にしていると町人のようにも見える。

自ら町方同心と称しても、この外見では分かるまい。

「行くぜ」

ゆらりと龍が前に出た。

急くことなく間合いを詰めるのは、場数を踏んできたが故のこと。

龍は足袋を履いていない。剝き出しになった両足の指は猫の如く、足元の畳を摑むようにしていた。

付け焼刃の稽古では、この域にまでは達すまい。材木問屋で働く手代は、そこらの商家の生っ白《ちろ》い奉公人とは鍛えが違うのだ。

気性の荒い川並衆に言うことを聞かせるには腕っ節の強さが、番頭への昇進が間近となって任される材木の取り引きでは山地主や樵《きこり》衆に対し、折り合いがつかぬ値上げなどの要求を受け付けない度胸が必須であるからだ。

あるじの用心棒を日頃から務める身ともなれば、刃物を持ち出す曲者《くせもの》を制する技も必要だ。

龍は十蔵の近間に立ち、木刀を振りかぶる。

必要以上に大きく上げはしない。

それでも打ち込みに威力を持たせるためには、頭より高くする必要があった。

その瞬間を待っていたかの如く、十蔵が体を捌く。

退いたのではない。

木刀を振りかぶった龍の間近に、先んじて踏み入ったのだ。

弧を描いて振り下ろされた木刀をまともに受ければ、老いても頑健な十蔵とて無事では済まない。

そこで弧を描く寸前に、木刀の柄を握った龍の右手を摑んだのである。

「じじいっ」

焦りの声を上げた時には遅い。

龍はもんどりうった勢いのままに、縁側から庭に転がり落ちた。

咄嗟《とっさ》に受け身を取ることができたのは、柔術の師匠の教えがあってのこと。

茂兵衛の口利きで他の手代たちと共に入門を許された一門は、柔術の原型となった小具足《こぐそく》が合戦場で用いられる格闘術だった史実を重んじており、畳敷きの道場よりも屋外で稽古を行うことが多かったのだ。

おかげで頭は打たずに済んだものの、足首を傷めたらしい。

十蔵が打ち込みを止めた際に摑んだ右の手首も、ずきりと痛む。摑まれると同時に関節を極《き》められたからだ。

十蔵から剣術は苦手と明かされても、龍は油断をしていない。

剣術の修行を積んでいないのは、こちらも同じ。

得物の木刀は乱世の武者が小具足と共に用いた、鎧通《よろいどお》しを模した一振りだ。

本身の鎧通しは切っ先が鋭利でありながら重ねの厚い、頑丈な造りである。

茂兵衛の供をして材木の買い付けに赴く際は本身を携行する龍だが、日頃は木刀で代用している。小太刀を模した木刀は細すぎるため、自ら削って拵えた。

手に慣らして久しい得物を制されたのみならず、奪われるとは何たる不覚。

「ううっ……」

未熟を恥じる龍の眼前に、ぬっと木刀が突き出された。

切っ先ではなく柄頭《つかがしら》が向けられている。

「勝負有ったな、若いの」

「…………」

「大事にしてるもんなんだろ。ほら、返《けえ》すぜ」

仰向けに倒れたままで木刀を受け取った龍に、十蔵はしみじみと告げてきた。

「お前さん、運がいいなぁ」

「どういうことだ」

「分からねぇのかい？　もうちっと右に落ちたら、頭ぁ打ってお陀仏だったぜ」

言われた途端、龍は気付いた。

毎朝欠かさず剃っている月代に、ひやりとする石の肌が触れている。

越前屋の中庭に面した縁側には、見事な沓脱《くつぬぎ》が置かれていた。

龍も奉公したての小僧だった頃に毎日磨いた、那智黒《なちぐろ》の逸品だ。

南北の町奉行所の表門から玄関まで続く敷石にも、この那智黒が用いられている。

朝日を浴びて煌めく様が美しく、硯《すずり》や碁石《ごいし》に加工するのが容易でありながら那智黒は芯から硬い。

真上に落ちれば十蔵の言うとおり、命に関わる大事になっていたことだろう――。

二

「さて、お前さんはどうするね」

腰を抜かした龍をそのままに、十蔵は縁側の内へ向かって呼びかけた。

すでに茂兵衛は敷居を跨ぎ、部屋の外に立っていた。

「はっ、なかなかやるじゃねぇかい」

茂兵衛は不敵に微笑んだ。

「龍に一手も決めさせねぇたぁ、そこらのさむれぇにゃ無理なこったい」

「だったら、止めておくかい？」

「馬鹿やろ。大事な奉公人がやられてんのに、引っ込んでいられるかってんだ」

十蔵を睨め付けながら茂兵衛は沓脱に降り立った。

敷居を跨ぐ前に脱いだらしく、足袋は履いていなかった。

那智黒を踏み締める足は、体格に見合って大きい。

龍の襟首をひょいと摑み、軽々と立ち上がらせるのも忘れない。

「す、すみやせん旦那」

「四の五の言うない。世の中にゃ手前《てめえ》より強え奴が、ごろごろしてるんだってことが骨身に染みただろうが」

「面目次第もありやせん……」

「そこで座って大人しくしてな。お前の仇は今すぐ取ってやらぁ」

龍を縁側に腰掛けさせると、茂兵衛は十蔵に向き直った。

三津五郎が騒ぎに気付いたのは、洲崎《すさき》の土手を散歩中のことだった。

居を構える永木河岸は、富岡八幡宮の門前町の中でも洲崎の浜に近い。江戸前の海に面した浜は春こそ潮干狩りで賑わうが、他の時期は四季を通じて閑散としていた。浜に面して土手が築かれ、昼日中は茶店も出るが、日が暮れると一斉に引き上げる。長閑《のどか》なようでいて、常に津波への備えが欠かせぬ地だった。

この洲崎の土手に立つと、木場を一望することができる。

不景気知らずの一帯に溢れる活気は、功成り名遂げた身にも刺激になる。まして今の三津五郎には来る霜月の顔見世に向けて思い悩むことが多く、独りになると気分が塞ぎがちだった。

一年前まで永木河岸の邸宅に住まわせていた遠山金四郎《とおやまきんしろう》が居てくれれば少しは気も紛れただろうが、もはや金四郎は戻らない。

旗本の御曹司としての立場を自覚し、三津五郎に拾われるまで巣食っていた浅草の盛り場にも今後は近付かぬように説き聞かせて、屋敷に帰したからである。

十九だった金四郎も、今は二十歳。

遠山家の跡継ぎの座を巡り、複雑な立場に置かれている。

父親の遠山左衛門尉《さえもんのじょう》景晋《かげみち》は目付から長崎奉行に抜擢され、文月《ふみづき》の二十一日に江戸を発った後。金四郎は同行せず、愛宕下の遠山家で義理の兄――御公儀への届けでは義理の父親とされた景善《かげよし》と二人で屋敷を守っているはずだ。

金四郎が抱える懊悩《おうのう》は、三津五郎には想像もつかない話である。

そして三津五郎の悩みも、金四郎に明かしたところでどうにもなるまい。

とどのつまりは、自ら答えを出すしかないのだ。

人が悩みを脱する時は、何がきっかけとなるのか分からぬもの。

気付きを与えてくれるのは、目上の者ばかりとは限らなかった。

故に三津五郎は何であれ、無駄なこととは思わない。

何処であろうと足を向け、人の話に耳を傾ける。

しかし、たまたま目にした騒ぎは剣呑であった。

「八森の旦那に……越前屋か？」

争っていたのは共に面識のある、二人の老いた男だった。

「はっ！　はっ！」

荒い息を吐きながら攻めかかるのは、越前屋のあるじの茂兵衛。

森田座の金主に名乗りを上げた分限者《ぶげんしゃ》にして、木場の旦那衆でも名うての暴れん坊として、若い頃から知られた男である。

その茂兵衛の拳をいなしたのは、北町奉行所同心の八森十蔵だ。

廻方で定廻と隠密廻を務めた後は町鑑にも名前が載らず、世間では隠居したものと思われているが、還暦を過ぎて久しい身ながら未だ現役。

若い頃から同役であった和田壮平と共に務める隠密廻は、その存在が公にされてはいない御役目だが、江戸三座の役者衆は二人のことを知っている。舞台での早変わりで鳴らした名優たちも舌を巻く七変化で芝居小屋に紛れ込み、掏摸と置き引きを続けざまに御縄にしてのける手際は『お見事』と言うより他になかった。

十蔵が北町の同心であることは、群がる野次馬たちも知っていた。

三十年前、茂兵衛と私闘に及んだ現場を見ていた者たちだ。

「なぁ、とっつあん。あの白髪頭は南の同心なのかえ」

「いんや。ありゃ北の廻方じゃ」

若い川並に問われて答えたのは腰の曲がった、七十過ぎと思しき老爺《ろうや》。以前は川並として働いていたらしく、はだけた着物の胸元から彫物を覗かせている。

他にも同年輩の老爺が一人、若い者たちの問いかけに答えていた。

「それじゃ去年の暮れに亡くなりなすった越前屋の大旦那さんも、あのじじいの父親《ておや》と因縁があったのかい？」

「父親と言うても、義理だそうじゃ」

「それじゃ、あいつは入り婿か」

「先代の八森軍兵衛《ぐんべえ》っちゅうのが、化けもんみたいに腕の立つ男じゃったよ」

「そんな化け物と大旦那さんがやり合ったのか」

「あれは庚辰《かのえたつ》の年じゃったな……年明けから火事続きで、材木がよう売れたのに目を付けた盗人どもを御縄にしようと、町方と火盗が手柄を競い合《お》うての」

「軍兵衛ってのも一枚噛んでいたのかい？」

「その逆じゃよ。町方と火盗が手柄争いをしとる間《ま》に取り逃がすばっかりなのに腹を立てて、どっちも木場から締め出したんじゃ」

「するってぇと、盗人どもを御縄にしたのは」

「軍兵衛じゃよ」

老爺の一人が懐かしそうに目を細めた。

「北と南の同心が三人ばかり加勢してのことじゃったが、一味の頭を手捕りにしたのは軍兵衛での。釋迦《しゃか》ヶ嶽《がたけ》じみた頭のさば折りをあっさり外して、あっちゅう間に締め上げてしもうたんじゃ」

「六尺どころじゃ収まらねぇ大男を、かい？」

「やっつけたほうが化けもんだな」

「そうじゃろう」

驚くばかりの若い者たちに、老爺はにやりと笑う。

茂兵衛が十蔵に苦戦するのを目《ま》の当たりにしながら動揺を見せずにいるのは、年季の入った身なればこそだ。

この老爺が若かった頃の木場では、喧嘩が挨拶代わりのようなものだった。

遺恨を晴らすためのことではない。

原因は意地の張り合いであり、ひいては誰が一番強いのか、有無を言わせぬ証しを求めてのことだった。

そんな時代に生きた茂兵衛の亡き父親が、十蔵の義父である軍兵衛の尋常ならざる腕前を目の当たりにして闘志を燃やし、挑んだとしても不思議ではあるまい。

「とっつあん、それで大旦那さんはどうなったんだい……？」

若い者の一人が、おずおずと問いかけた。

越前屋は今も昔も木場で知られた大店だ。

その先代の沽券に関わる大事とあれば、荒くれ揃いの木場の若い衆といえども気を遣うのは当然だろう。

老爺の答えは明快だった。

「決まっとるじゃろ。木場の男らしゅう、相手が根負けするまで粘りなすったよ」

化け物じみた強者《つわもの》を相手に、勝てないまでも全力を出し切った。勝負に敗れはしたものの恥じることのない姿を、当時の木場の男たちに示したのだ――。

納得のいく答えを耳にして、若い面々は無言で頷く。

続いて視線を向けた先では、茂兵衛が十蔵を相手に苦戦中。

このままでは、茂兵衛が敗れるのは時間の問題。

しかし、せめて一矢《いっし》は報いてほしい。

そうしてくれなければ、越前屋の仕事に身が入らなくなってしまう。

亡き越前屋の大旦那が草葉の陰で嘆かぬように、一同は無言の内に願っていた。

三

三津五郎は野次馬たちの直中で困惑していた。

芝居の世界で生きてきた三津五郎も、矜持を持つ男の一人だ。

故に木場の男衆の流儀は分かるが、十蔵と茂兵衛のどちらが勝っても喜ぶわけにはいかなかった。

日頃から世話になっている同心に、森田座の新たな金主。

いずれの肩を持っても角《かど》が立つ。

それにしても、解せないことだ。

十蔵と茂兵衛は、狷介《けんかい》な一面を持つ三津五郎をして敬意を抱かせた男たちだ。

茂兵衛が武士を毛嫌いして止まず、中村座の金主を請け合って久しい大久保今助《おおくぼいますけ》が手広い商いで成功を収める一方、士分となることに執着する姿勢を嫌悪しているのも三津五郎は承知していた。

当の今助から、苦笑交じりに聞かされたことであった。

たしかに今助は江戸歌舞伎の興行よりも、生国《しょうごく》の水戸三十五万石に御用達《ごようたし》の商人として深く関わることに、力を入れている節《ふし》がある。

そのことも気にかかるが、今は十蔵と茂兵衛の争いだ。

あの二人は何故に、ここまで激しく争っているのだろうか――。

「大和屋」

戸惑いを独り募らせる三津五郎に、屋号で呼びかける者が居た。

芝居小屋の大向こうから年季の入った客たちが発する声とは違って低いものの、よく通るのは同じであった。

「和田の旦那?」

見れば十蔵と共に馴染みの深い老練の北町同心が、木置場の片隅に潜んでいた。

一目で廻方の同心と分かる黒紋付を略しており、裏白の紺足袋も履いていない。

のみならず刀と脇差も腰にせず、茶染めの黄八丈の着流し姿である。

小銀杏に結った髪は帯刀《たいとう》すれば武士らしく、丸腰ならば町人らしくなる。老いても端整な壮平には着流しが似合っていた。

ともあれ、今は十蔵と茂兵衛の争いについて訊きたい。

「どうしなすったんです、八森の旦那は?」

「御役目なれども、さに非ず……としか申せぬの」

「そんな、禅問答じゃあるめぇに」

十蔵と違って日頃から言動が真面目な壮平だが、流石に訳が分からない。

「どういうこってす、旦那?」

恥を忍んで問い質しても、壮平は答えを明かそうとしなかった。

「今は八森のすることを、黙って見届けようぞ」

十蔵と茂兵衛の争いから視線を離さず、そう告げてきたのみであった。

その間にも、十蔵と茂兵衛の争いは続いていた。

「はっ、いつまで逃げてやがるんでぇ、はっ……」

ぎらつく眼で十蔵を睨め付けながらも、茂兵衛の足はふらついていた。

いつもは威勢のいい口癖が、息を乱しているとしか受け取れない。

「へっ、若え頃のようにゃいかねぇようだな」

対する十蔵は息を乱しておらず、口調も落ち着いたものであった。

体力そのものは、同い年の茂兵衛とそれほど変わらない。

十蔵が優勢なのは定廻から臨時廻、そして隠密廻と年季を重ねた捕物術の手練であるが故だ。

相手の命を奪うことなく相手取り、体力を削ることに慣れている。

対する茂兵衛は捕物の心得こそ持ち合わせていないが、柔術の腕は立つ。

十蔵が得意とする投げ技や締め技も心得てはいるものの、当て身と呼ばれる打撃技を得意としていた。

体格にも恵まれているだけに、有卦《うけ》に入《い》れば一気に勝負を制する。

しかし、十蔵にしてみれば御しやすい。

捕物御用で多々見受ける、暴れすぎて自滅する類の相手であった。

その茂兵衛を相手取り、十蔵は拳を空振りさせ、空《くう》を蹴らせることを先程から繰り返していた。

「はっ……はっ……」

もはや茂兵衛の体力は尽きかけている。

十蔵が組み討ちに持ち込めば、早々に勝負は決するだろう。

しかし、二人の争いは終わらない。

「そろそろ半刻は経つの」

「そんなに、ですかい?」

三津五郎が気付く前から、二人は相争っていたらしい。

(御役目なれども、さに非ず……かい)

壮平の口にした謎の意味を、三津五郎は考える。十蔵が壮平と二人で木場に現れた当初の目的は、茂兵衛を召し捕るためだったのであろう。

もとより茂兵衛は気性が荒く、町方役人の厄介になっても不思議ではない男。

商いは荒っぽくも真っ当に営む一方、喧嘩口論は若い頃から日常茶飯事。

三津五郎が知らない若い頃は、尚のことだったらしい。

深川という良くも悪くも自由闊達な、日本橋を中心とする千代田の御城下とは別物の地に代々に亘って根を張ってきたが故、未だ御縄を受けずに済んでいるのだ。

その茂兵衛を、とことん十蔵は追い込んでいる。

南と北の本所深川見廻が手を出さず、見て見ぬ振りをしてきた暴れん坊を息も絶え絶えになるまでに、翻弄して止まずにいる。

御役目としての捕物ならば、ここまではしないはず。

三津五郎が目の当たりにした限りでも、十蔵は最小限しか動いていなかった。

恐らくは緒戦から、茂兵衛の攻めを受け流すことに徹しているのだ。

「ざまぁねぇなぁ、越前屋」

十蔵が嘲るような口調で言った。

「三十年前にやり合った時は材木の上を跳び回ってよ、俺が足を滑らせて落っこちたのを腹ぁ抱えて笑ってたよな。おかげで十日も寝込んじまって、まだ熱が下がらねぇのに義父から毎日《めえにち》説教されちまったぜ」

「はっ……はっ……てめぇはやっぱり……昔の意趣返しをするために乗り込んできやがったんだな……」

「違うぜ。その気があったら三十年も放っておくかい」

「だったらどうして、俺をここまでいたぶりやがるんでぇ……」

「これでお前さんも少しぐれぇ、無理無体を強いられる者たちの気持ちが分かったんじゃねぇのかい」

「何だと……?」

「面ぁ合わせて早々に言っただろ。さむれぇ嫌いのお前さんの勝手で、家作ばかりか森田座にまで炉開きをしやがってよぉ」

「……てめぇ、俺を御縄にすんのか?」

「そうさな、できねぇことはねぇだろうよ」

十蔵はうそぶきながら周りを見やる。

茂兵衛を翻弄しながら誘導した先は貯木場だった。

木場では筏に組んで大川伝いに運ばれてきた材木を専用の堀に浮かせて保管し、頃合いを見て引き揚げられた材木は、陸の木置場で乾燥させた後に出荷される。

堀と木置場が設けられた一帯は、後の世の木場公園だ。

当時の活況を偲ぶために行われている催しに、材木乗りがある。

それは川並が日々の働きを重ねて会得する、一朝一夕には身に付かない技。

もとより身軽な十蔵も容易ならざることだった。

四

十蔵は貯木場の水辺に立った。

「はっ……はっ……」

茂兵衛は息を乱したまま、何を始めるのかと見ているばかりだ。

「お前たち、何があっても手は出さねぇでくんな」

十蔵が呼びかけた相手は、材木を検めていた川並衆。

野次馬になっている面々は今日の仕事を終えていたが、雇われている問屋によって終いの時間には差があるものだ。

越前屋から出てきた茂兵衛と十蔵の争いを気にしながらも仕事を放り出すわけにはいかず、勤しみながらも心配そうに見守っていたのである。

そこに憎い十蔵が声をかけてきたとあっては、穏やかではいられない。

「てめぇ、何をほざいてやがるんでぇ！」

「町方の木っ端役人が図に乗るんじゃねぇよ！」

たちまち顔面に朱を注いだ男たちは、腹掛けを着け股引を穿いた上から半纏を引っかけたのみの軽装だ。

水面の冷気を含んで吹き付ける風をものともせず、前をはだけた半纏から覗かせていたのは彫物だった。

川並は命の危険と隣り合わせの稼業である。

買い付けられた材木を筏に組んで江戸まで運ぶ過程に限らず、貯木場に保管された後も事故は起こり得る。大川を下っていた筏から落ち、後から続く筏に頭上の川面を覆われたまま息絶える、という悲劇も発生した。

こうした事故が起きた際には、せめて亡骸だけでも見付けたい。

そして木場に広まったのが彫物だ。

肌身に刻まれた彫物は死しても消えず、亡骸の素性を特定する目印となる。

これを身の証しとする川並衆の習慣は同様に水難が付き物の船頭に広まり、更には飛脚や駕籠かきの間でも流行り、片肌を脱いで働く姿が絵になる男たちの嗜みとして人気を集めるに至っていた。

その彫物を取り締まるのが南北の町奉行だ。

昨年の葉月二十六日に北町奉行から発せられた彫物禁止の町触により、新たに彫物を入れることは禁じられている。

町触とは江戸市中の司法に加えて行政も司る町奉行が、独自の判断で発する法令のことである。

老中の意向を汲んだ町触は惣触《そうぶれ》と称して区別をされたが、彫物禁止を企図したのは北町奉行の永田備後守正道であった。

江戸で人気の彫師たちを事前に捕らえ、手鎖の刑に処したのも正道だ。

町触が発せられた当初は南町奉行の根岸肥前守鎮衛に批判が集まり、若い頃に彫物を入れたとまことしやかに噂をされていながら禁令を出すのは勝手が過ぎると、一時は南町奉行所が襲撃されかねないほど危うい有り様だった。

騒ぎが鎮まった後、改めて批判されているのは正道のみ。

その正道の配下である十蔵が、敵意を向けられるのも無理はあるまい。

十蔵も、男同士として気持ちは分かる。

しかし、役人として認めるわけにはいかない。

「いいから退いてな。そんなに気もそぞろじゃ、足を踏み外しちまうぜ」

わざと居丈高《いたけだか》に言葉を発し、十蔵は川並衆を追い払った。

その間に茂兵衛は息を整えて水を飲み、体力の回復を図っていた。

（とんだ年寄りの冷や水だったなぁ）

十蔵は胸の内でつぶやいた。

自重すべきと思いながらも、茂兵衛とは決着を付けねばならない。

きっかけは森田座に対する理不尽だったが、今は違う。

茂兵衛は金主として、今後の江戸歌舞伎を支える身。

森田座を再興させ、江戸歌舞伎の三座が出揃う運びになった以上、早々に手を引くことなく励んでほしい。

商人である以上、儲けが出なければ撤退せざるを得ないであろうが、それまでは誠を尽くしてもらいたい。

そのために、くだらぬ意地を張るのを止めさせなければ——。

五

「待たせたな」

茂兵衛が十蔵に歩み寄ってきた。

「もういいのかい？」

「休み過ぎると疲れがぶり返しちまうんだよ」

「そうだなぁ」

実のところは十蔵も同じであった。

まして、これから挑むのは不利な勝負。

貯木場に浮かぶ材木の上での駆けっこだ。

それは若かった頃の十蔵にとっても不利な勝負であった。

生まれ育った秩父の山で少年の頃から岩登りで鍛え、山猿と呼ばれた程の十蔵も材木乗りは勝手が違う。

対する茂兵衛は、子どもの頃から慣らしてきた身。

それでも臆するわけにはいかない。

「行くぜぇ」

茂兵衛が勢い込んで足元を蹴った。

続いて十蔵も材木に跳び乗る。

落ちた時点で負けとなるのが、この勝負のしきたりだ。

端から端まで駆け抜けながら、相手を妨害するのも自由。

三十年前の十蔵はそれでやられたのだ。

こたびは後《おく》れは取るまい。

「おらっ」

そう胸に誓った矢先に、茂兵衛が仕掛けてきた。

受けが得意な十蔵も、水に浮かぶ材木の上で捌くのは難しい。

「勘弁しろよ」

耳元で告げるなり抱え込み、だっと身を躍らせる。

暮れなずむ空の下、盛大な水飛沫《みずしぶき》が上がった。

思わぬ申し出

一

「旦那！」

「旦那さん！」

龍を先頭に越前屋の手代たちが駆け出した。

その先を行くのは壮平だ。

老いを感じさせぬ速さで駆けながら帯を解き、黄八丈と半襦袢を脱ぎ捨てる。

手代たちより先に飛び込み、自力で十蔵を救出するつもりなのだ。

気持ちは分かるが無謀であった。

季節が秋から冬に移り変わると共に、貯木場の水は冷たさを増す。壮平はもとより手代たちも飛び込むのは命懸けだ。

下手をすれば水に潜った途端に体の自由を失い、心《しん》の臓《ぞう》が止まって死に至る。

十歳ばかりか壮平にまで万が一のことがあれば、華のお江戸は誰が護るのだ。

「無茶はお止めなせぇ！」

三津五郎は思わず声を張り上げた。

その声を耳にするなり騒ぎ立てたのは、周りの野次馬だ。

「おい、大和屋みてぇな声がしたぜ」

「馬鹿を言うない。幾ら目と鼻の先だからって、永木の親方ともあろうお方が爺様の喧嘩なんぞ見物しに来るはずがねぇやな」

「間違いないって。いっつも大向こうで聞いてんだからよ」

言い切る中年の川並の渋い声こそ三津五郎が中村座に加わって以来、いつも舞台の上で耳にしていたのと同じであった。

「三津五郎様が⁉　ほんとに？」

「どこ？　どこ？」

「何処に居られるのだ、三津五郎殿！」

口々に黄色い声を上げたのは地元の娘たちだ。

寺社の多い深川では境内で興行を打つ宮地《みやち》芝居も盛んだが、やはり人気があるのは江戸三座の歌舞伎である。木場を含めた深川の自由闊達な気風の下で生まれ育った『おきゃん』な女たちも、こよなく歌舞伎を愛しているのは千代田の御城下で暮らす女房や娘と変わらない。そうやって女たちが芝居に耽溺《たんでき》する様に男たちが眉を顰《ひそ》め、無闇に役者衆をけなすところも御城下と同じであった。

「けっ、役者なんざ名題下《なだいした》まで数に入れたら百人がとこ居るってぇのに、よりにもよって女たらしの大和屋なんぞに入れ込むんじゃねぇよ」

「お黙り、半公《はんこう》っ」

通りすがりの若い川並が漏らしたぼやきを、三人娘は聞き逃さなかった。

「誰に入れ込もうがあたしたちの勝手だろ。お前みたいな団子顔なんか、こっちからお断りだよ！」

「ほんとほんと、逆さにした亥の子餅みたいな面してるくせに、生意気を言うんじゃないよ」

「出来損ないの亥の子餅よ、そなたの出番の亥の刻にはまだ早い。少しは見てくれが良うなるように、きな粉で化粧直しを致すがよかろう」

「何だとぉ、好き放題言いやがって」

順繰りに毒舌を吐かれて、若い川並は下がり眉を吊り上げた。

しかし、娘たちは一人として動じない。

「幼馴染みのそなたには悪いが、まことに不細工なんだから仕方あるまい。有り体に申さば、そなたは野呂間《のろま》人形にそっくりだ」

「俺はあれか、がきどもが遊び道具にしてる泥人形か？」

「ほんとだねぇ、おかねちゃんの言うとおりだ」

「お弓《ゆみ》ちゃん、こんな不細工を縁起物に譬えちゃだめよ」

「ごめんなさいねお羽《はね》ちゃん。あたしとしたことが、あんなに当たりやすそうな的を外すなんて……」

「本物の弓を持たせりゃ、御番《ごばん》方のお旗本も形無しの腕前なのにねぇ」

顔も体もふっくらと肉置《ししお》き豊かなお弓が恥じ入ったのを、小柄なお羽はよしよしと撫でてやる。爪先立ちにならなければ頭に手が届かぬ様が微笑ましい。

いま一人のおかねは細面で手も足もすらりと長い、まさに小股《こまた》の切れ上がった器量よしである。

それでいて色香よりも凛々しさが勝った雰囲気を備えており、艶やかな唇を衝いて出る男言葉は他の二人に増して手厳しい。

「これ半二《はんじ》、どうして泣きっ面になっておるのだ？　そなたの面がまずいことは一目瞭然。この機に男らしゅう認めるべきぞ」

「やかましいやい、男女め！」

若い川並は半泣きになって逃げ去った。

骨のある男たちの町という印象の強い木場だが、女たちも負けてはいない。

材木問屋はもとより雇いの川並も稼ぎが良いため、女房と子どもは日々の暮らしに不自由がなかった。姑や小姑も同様に過ごしてきたため、嫁いびりで積年の鬱憤《うっぷん》を晴らす、悪しき風習とも無縁であった。

人は暮らし向きに余裕が生じれば、自ずと娯楽に関心がいく。

木場の女たちは亭主が岡場所通いを始めても家族を捨てるほど本気にならず、博打に入れ込んでも身代を傾けるほどの散財をしなければ、文句は言わない。

その代わり、自分たちが娯楽に興じることもしっかりと認めてもらい、年に数回しか幕が開かぬ江戸三座の歌舞伎芝居に、誰憚ることなく出かけていくのだ。

「どいた、どいた」

「これじゃ埒が明かないわねぇ。せっかくの三津五郎様が居なくなっちまうよう」

「ええい、散れ散れ！　とっとと帰れ！」

三人娘は群がる野次馬を掻き分けて、三津五郎の近くまで迫っていた。

人気を支えてくれるのはあり難いことだが、まとわりつかれては困ってしまう。

三津五郎は懐から畳んだ手ぬぐいを取り出した。

斯様な折に備えて持ち歩いているのは、長さに余裕のある六尺手ぬぐい。贔屓筋に配るために定紋《じょうもん》の三ツ大《みつだい》を染め抜いたものではなく、ありふれた豆絞りだったが通常の豆絞りとは逆に生地が青く、水玉は白いところが洒落《しゃれ》ていた。

二

苦み走った顔を頰被りで巧みに隠し、三津五郎は歩き出した。

爺様たちの安否については、もはや心配無用である。

野次馬に紛れ込んだ三津五郎を探し出すことに一同が躍起の間に、十蔵と茂兵衛は無事に引き揚げられていたからだ。

「わっしょい」

「わっしょい」

夜の帳が下りた通りを、手代たちは掛け声を上げて進みゆく。

十蔵と茂兵衛を神輿《みこし》の如く、高々と担ぎ上げてのことだった。

共に着込まされている掻《か》い巻きは、いずれも継《つ》ぎが当たっている。一刻も早く暖を取らせるため、手代たちが最寄りの家から借り受けたのだろう。

四人ずつで馬を組み、茂兵衛を先頭にして進みゆく手代たちは、いずれも下帯一本の半裸体。堀に跳び込む前に脱ぎ捨てた着物と帯は、水に入るに及ばなかった一人がまとめて抱えている。

茂兵衛を乗せた馬は龍が、十蔵を乗せた馬は壮平が先導している。

本物の神輿の巡行さながらの一同に、三津五郎は後からついていく。

（まさか相討ちと見せかけて、喧嘩の相手を助けるたぁ思わなかったぜ……）

胸の内でつぶやいたのは三津五郎が看破《かんぱ》した、十蔵と茂兵衛の決着戦の真相だ。

十蔵は水面に浮かべた材木の上に乗るなり茂兵衛に跳びかかり、共に堀に落ちるという形で早々に勝負をつけた。

成り行きを見守っていた人々の殆どは、こう考えたことだろう。

緒戦の組み討ちでは終始有利だった十蔵も、材木乗りの勝負となれば茂兵衛に敵《かな》うはずがない。

渾身《こんしん》の当て身を十蔵にかわされ続けた茂兵衛も、小休止を取ったことで疲労は回復したはずだ。

木場の旦那と呼ばれる材木問屋のあるじたちの中でも抜きん出た存在である茂兵衛には、二度まで醜態を晒してほしくはない。

今度こそ十蔵を圧倒し、木場の男の強さを見せつけてもらいたい――と。

十蔵と茂兵衛が担ぎ込まれたのは湯屋《ゆや》であった。

着物と帯を抱えた手代が先触《さきぶれ》に走り、居合わせた客たちに場所を空けるように話を通した上でのことだ。

何も知らずに長湯を決め込んでいた面々も、他ならぬ越前屋のあるじのためと聞かされては是非もない。もとより越前屋が贔屓にしている湯屋とあって、番台に座ったあるじはもちろんのこと洗い場で湯番を務める三助も、文句を言いはしなかった。

速やかに湯船と洗い場を空けてくれた先客たちと入れ替わり、掛け湯を遣った十蔵と茂兵衛は保温のために設けられた柘榴口《ざくろぐち》を潜《くぐ》る。

申し合わせでもしたかのように、共に口を閉ざしたままだった。

「待て」

続いて柘榴口に向かおうとした龍に、声を低めて壮平は告げる。

「……俺は旦那のお側から離れるわけにゃいかねぇんだよ」

「ならば私も控えよう」

「何だと？」

「おぬしが八森を信じるならば、私も越前屋を疑うまいと言うておるのだ」

「……お前さん、あの同心の相方なのかい」

「左様。三十年越しの付き合いぞ」

「それじゃ、うちの旦那と初めてやり合った時のことも？」

「八森には明かしておらぬが、ご先代の軍兵衛殿から伺うておるぞ。あの時は風邪をこじらせて十日も寝込みおったが、私が何も知らぬと思うて、理由は鬼の霍乱《かくらん》としか申さなんだぞ」

柘榴口越しに聞き取られるのを用心してか、壮平は龍の耳元で話をしていた。

「おぬしは頭から水に浸かったのだ。しかと流すがよい」

話を終えると同時に寄越したのは、自分の分の掛け湯。

「お前さん、いらねぇのかい？」

「八森を引き揚げてくれた礼にしては少なかろうが、遣うてくれ」

それだけ告げると壮平は腰を上げ、洗い場から出て行った。

木場を含めた深川の一帯は埋め立て地のため、水道が配備されていなかった。井戸を掘っても海の水が交じるため、飲み水は神田上水の余り水を船に積んで売りに来るのを買い求める。口にするわけではない風呂や洗い物には塩気の強い井戸水が用いられたが貴重であることに変わりはなく、どこの湯屋でも掛け湯は余分に汲んでもらえぬのが決まりであった。

「……かっちけねぇ」

つぶやく龍の口調は十蔵に劣らず伝法ながら、もはや敵意めいた響きはなかった。

その名に違《たが》わず柘榴が描かれた仕切りの向こうでは、十蔵と茂兵衛が揃って目を細めていた。

「あー、生き返《けえ》った心持ちだぜ」

「右に同じだ。冷たすぎて体が痺れたみてぇになってたのが、ようやくほぐれてきたようだぜ」

「年寄りの冷や水ってのは、こういうことを言うのだろうよ」

「呑むだけじゃ足りねぇで、頭から浸かる奴なんざ滅多に居めぇ」

「はっ、ここに二人も雁首《がんくび》を揃えてるだろが」

「へっ、そういうこったな」

苦笑を交わす二人の態度は、共に打ち解けたものとなっていた。

「……お前さん、俺がどうして森田座の金主に名乗りを上げたのか知ってるかい」

「何とも耳触りのいい口上だったたってのは、北《うち》のお奉行から聞いてるぜ」

「はっ、あんなの建前に決まってんだろ」

「そんなら、ほんとのとこはどうなんだい？」

「聞いたらただじゃすまねぇぜ」

「勿体なんぞ付けなくていいからよ、とっとと明かしな」

「一言で言や、お前さんも承知のさむれぇ嫌《ぎれ》えよ」

「中村座を長《なげ》えこと抱えてる、大久保今助のことを言ってんのか」

「はっ、当たりだよ」

「何も士分に取り立てられたわけじゃねぇだろ。水戸様の御用達になって名字帯刀を許されただけの話だ。それも子々孫々まで受け継がせるのは叶わねぇ、一代限りのこったぜ」

「そんなこたぁ野郎は百も承知さね。名字帯刀を取っ掛かりにして、水戸三十五万石に仕官を果たすつもりだろうよ」

確信を込めて告げた茂兵衛は、続けて十蔵に問いかけた。

「お前さん、こないだ下総《しもうさ》で小娘が子どもを産んだ話を知ってるかい」

「聞くには聞いたが、あり得ねぇこった」

「それがな、生娘《きむすめ》のまんまで産んだっていうから驚くじゃねぇか」

「今年で八つの、とやって名前の娘っ子らしいな」

「赤んぼは男の子だとよ」

「在所は相馬郡《そうまごおり》の藤代宿《ふじしろしゆく》、だな」

「水戸街道《けえどう》の宿場だぜ。牛久《うしく》から若柴《わかしば》と来て一里の先だが、郡の境に藤代川ってのが流れてっから、渡し船に乗らにゃならねぇ」

「それで産み日はいつだったんだい」

「長月三日だったそうだ」

「遡《さかのぼ》ってみりゃ霜月の末か師走の頭だな。だけどよ、その赤んぼに神通力《じんつうりき》ってやつが働いてのことだったら、常のとおりに十月十日が要りようだったとは限るめぇ」

「そりゃそうだ」

「十中八九は馬鹿げた作り話だろうが、そうとばかりも言い切れめぇ」

「瓦版も大売れしたそうだぜ」

「めっきり涼しくなったこともあるだろうよ」

「刷るのも彫るのも暑い盛りは難儀だからな」

「違いねぇ」

　十蔵は肩まで湯に浸かったままで首肯した。

「夏涸れから盛り返そうって景気づけにゃ、格好のネタだったろうよ」

「だから作り話に違いねえって言いてぇのかい？」

「そうじゃねぇって、お前さんは信じてるんだろ」

「あたぼうよ。だからわざわざ話を持ち出したんじゃねぇか」

「異なる力なんて滅多にあるもんじゃねぇぜ」

「噂じゃ南のお奉行様も、異なる力ってのをお持ちだそうじゃねぇか」

「そんなのは埒もねぇ噂だよ」

　十蔵は言下《げんか》に否定した。

「南のお奉行は今年で七十六になりなすった、俺たちより一回り近くも上のお方なのだぜ。無駄に年を喰っちゃいねぇから何であれ裏の裏まで見通せるし、名裁きもできなさるってことさね」

「そういうことかい」

「そういうこった」

「で、北のお奉行はどうなんだい」

「今年でようやっと六十一だ」

「還暦かい」

「ようやっとで、な」

「それで俺たちゃ六十六、か」

「へっ、お互えに老けちまったもんだな……」

「待て待て、まだ老け込むにゃ早《はえ》えだろうが」

十蔵の苦笑交じりのつぶやきに茂兵衛が食いついた。

「なぁ十蔵さん、いや、八森の旦那」

「何でぇ、急に改まって」

「お前さんに頼みがあるんだ」

「頼みだって？」

十蔵は戸惑った声を上げた。

「俺ぁ三十俵二人扶持のしがねぇ身の上だ。分限者のお前さんの役に立つことなんざありゃしねぇよ」

「早合点するなって。商いのことで便宜を図ってほしいなんて言っちゃいねぇよ」

「それじゃ何が望みだい」

「手札ってやつを一筆書いてくんな」

「何だって？」

「手札だよ。どこの誰々って役人の下で御用を手伝ってる身の証しになる、書き付けのことさね」

「お前さん、俺の岡っ引きになりてぇってのか」

「頼むぜ、旦那」

「…………」

十蔵は無言で茂兵衛を見返した。

「言い方が悪かったかい？　どうか一つお頼み申しやす……ます」

もうもうと漂う湯気の中、重ねて告げる茂兵衛は真摯な面持ち。

これは一体、何故の申し出なのだろうか——？

三

三津五郎は湯屋の表に立っていた。

件《くだん》の三人娘に見付からないとも限らぬため、頬被りは外していない。

「大和屋」

背後から呼びかける声が聞こえた。

滅多に荒らげることのない、落ち着いた声の主は壮平だ。

「和田の旦那、もう上がりなすったので」

「おぬしこそ早《はよ》う永木河岸に引き揚げるがよかろうぞ。贔屓と思しき娘たちが行方を尋ねに参ったと、湯屋のあるじが申しておった」

「小用を済ませに立ったのと行き違いになったようでございやすね」

「それは幸いだったの。ともあれ三十六計を決め込むことだ」

「そうしまさ。出っくわしちまったら、邪険《じゃけん》に扱うわけにゃ参りやせんからね」

「人気商売の辛いところだの」

「そういう次第なもんで、八森の旦那をお助けするどころか、ご挨拶もできずにすみやせん」

「詫びを言うてもらうには及ばぬぞ。何もしておらぬのは私も同じだ」

「それで、八森の旦那はどうなりやしたか」

「越前屋と水入らずで湯に浸かっておる」

「脈取りはなさらなくってもよろしいんですかい」

「引き揚げられた際に検めたが、共に傷など負ってはおらぬ。冷えた体さえ暖まれば大事はない故、子細に診立てるまでもあるまいぞ」

「そいつぁよろしゅうございやしたね」

「おかげでの……されば参るか」

「旦那？」

「木場娘への用心に送ってやろう。私が町方の役人と明かさば、角を立てることなく退散させられる故な」

「ご足労をおかけ致しやす」

二人は湯屋に背を向けて歩き出す。

野次馬たちの未だ興奮冷めやらぬ声も遠ざかり、闇の向こうから聞こえてくるのは洲崎の浜に寄せる波の音ばかりであった。

「八森の旦那の手際の良さに感心させられるのはいつものこってすが、今日の始末もお見事でござんしたね」

「始末とな」

「旦那もお気付きだったはずですぜ。越前屋が放っておけば勝手に水ん中に落っこっちまうぐれぇ、腰を痛めちまってたのを……」

「ほお、よくぞ見抜いたな」

「材木乗りには憚りながら、あっしの踊りにも通じるとこがあるんじゃねぇかと常々思っておりやしたんでね。失礼ながら旦那がお得意の抜刀術も、理合《りあい》は同じなんじゃねぇですかい？」

「左様。抜くも納めるも腰が要《かなめ》ぞ」

「その大事《でぇじ》な腰を、越前屋は手前《てめぇ》で痛めつけておりやしたね」

「さもあろうぞ。八森に一打も浴びせられずに焦りを募らせ、拳の振りが大きゅうなるばかりであったからの」

「もちろん八森の旦那も、お気付きだったんでござんしょう」

「なればこそ相討ちが妥当と即座に判じ、無茶をしおったのだ」

「ほんとに無茶が過ぎまさぁ。もっとお体を大事にしていただかねぇと……」

「それはおぬしも同じぞ、大和屋」

「なんのこってすか」

「とぼけるには及ばぬ」

いつの間にか壮平は立ち止まっていた。

やむを得ず、三津五郎も歩みを止める。

すでに木場からは遠ざかり、居を構える永木河岸は目の前。

三津五郎に首ったけらしい木場の娘たちも、ここまで追っては来るまい。

壮平は左様に判じた上で、三津五郎から本音を訊き出そうというのだろう。

となれば、こちらも性根を据えて答えねばなるまい——。

「おぬし、悩みを抱えておるな」

「……お分かりになりやすかい」

「眠りが足りておらぬのは一目瞭然。のみならず、ちと酒が過ぎるようだな」

「お診立てどおりでございやす」

「中村座に参るのは、やはり気が進まぬのか」

「有り体に申し上げりゃ、そういうことでさ」

「四年越しで張り合うて参った加賀屋と席を同じゅうせねばならぬとあれば、おぬしの気が塞ぐのも無理はあるまい」

「その上に、南北先生とのこともございやすんでね」

「如何なる話だ、それは」

「あっしは中村座と掛け持ちで、森田座の舞台にも立たせてもらえることになったんでございやす」

「存じておるが、それはおぬしが望んだ話であろう」

「それはそうでございやすが、南北先生の芝居はどうにも手に余るんでさ」

「ふむ」

「こんなことを旦那に申し上げるのは筋違いでござんしょう」

「その筋が、おぬしの悩みの種であろうよ」

「旦那、どうしてお分かりに？」

「もとより芝居は素人なれど、話が生きるも死ぬも筋立ての妙があってのことというのは仄聞しておる。織物に譬えるならば横糸であることもな。まして南北の書く話はない交《ま》ぜで十重二十重《とえはたえ》、悩むところも多かろう」

「仰せのとおりでございやすよ……」

溜め息を吐いた三津五郎を、壮平はじっと見返した。

「旦那？」

「おぬし、逃げてはなるまいぞ」

「…………」

「南北はもとより加賀屋とも、存分に張り合うことだ」

「……後れを取ったら恥ですぜ」

「左様な恥など馬に食わせてしまえ。大道具に居るではないか」

「ただの作りもんですぜ」

「芝居も作りものであることに変わりなかろう」

「そいつぁ……」

「構えすぎるな、大和屋」

壮平は再び三津五郎と目を合わせた。

「私は刀取る身なれば、譬えも剣呑なものとなってしまうが……後《ご》の先《せん》で勝機を得るのが、おぬしには合うておると思うぞ」

「後の先、ですかい？」

「言葉としては耳にした折もあろうぞ。私が修めし抜刀の術においては相手の攻めを誘うて受け流し、返す刀で制することだ」

「初手《しょて》でやられちまったら終わりじゃありやせんか」

「案ずるな。しかと相手の出方に応じる術が、おぬしは身に付いておるはずぞ」

「旦那……」

「相手と敵は似て非なるものだ。南北はもとより加賀屋とて、おぬしの相手であって敵ではあるまい」

「…………」

壮平が見抜いたとおりであった。

大和屋こと三代目坂東三津五郎は、華のお江戸の歌舞伎を支える人気役者の一人として、その名を広く知られる存在。

荒事に加えて和事も達者にこなし、踊りの名手としての評判はつとに高かった。

その人気を更に高めたのが、四年前の文化五年（一八〇八）に江戸へ下った加賀屋こと三代目中村歌右衛門だ。

金主の大久保今助が費《つい》えを惜しまずに招聘し、図らずも名跡と同じ名前の中村座で売り出された歌右衛門は、市村座の三津五郎と人気を二分。反りが合わない当人たちばかりか客まで二派に分かれ、四年に亘って張り合ってきた。

既に功成り名遂げた身である二人が更なる成長を遂げたのは、互いの存在があってのこと。

たしかに相手であって、敵ではない。

「しかと励めよ」

壮平は一言告げるや踵を返し、元来た道を木場へと向かう。

いつの間にか、三津五郎は永木河岸に着いていた。

爺様《じいさま》揃《そろ》い踏《ぶ》み

一

「越前屋を？　おぬしの手下《てか》に⁉」

「壮さんは不承知かい」

「……おぬしも越前屋も、思案の上でのことなのか」

「俺も話を切り出された時にゃ驚いたけどよ、今は得心しているぜ」

「ならば止め立ては致さぬが、善きこととまでは申さぬぞ」

思わぬ話を明かした十蔵に、壮平は憮然と告げた。

茂兵衛を目の前にしてのことではない。その話を壮平が明かされたのは、湯屋から出てきた茂兵衛と手代の一同に丁重に見送られ、土産まで持たされて、八丁堀の組屋敷へ帰る道すがらであった。

「まぁ、いい顔をされるはずがねぇとは思ってたよ」

「さもあろうぞ。我ら両家は先々代より、岡っ引きを抱えては相ならぬことになっておるのを忘れたか？」

「義父から聞いてるよ。吉宗公が上様だった時代に、きっぱり縁を切ったんだろ」

「左様。その頃は目明しと呼ばれておったらしいが、御役目に益することにも増して害が多すぎた故、不心得者を厳罰に処するのみならず、向後は耳触りのよき呼び方をせぬように、との御下命があったそうだ」

「岡惚《おかぼ》れに岡場所って、道理に反することにゃ何でも岡の一字が付くからな。定廻と臨時廻が使ってる連中は、手前のことを御用聞《ごようきき》って言ってやがるぜ」

「厚かましきことだ」

壮平が吐き捨てるかのように言った時、二人は永代橋の西詰に出た。

後の世よりも一町（約一〇九メートル）ほど上流に架けられていた永代橋を東から西へ渡りきり、着いた先は後の世の箱崎町。当時は北新堀《きたしんぼり》町と呼ばれた場の西詰には船手頭《ふなてがしら》の管理する船手番所が設けられ、不審な船が入り込まないように夜間も監視を怠らずにいる。

「御役目ご苦労にござる」

「ご免」

船手番所の前で足を止め、番士に挨拶を述べる二人の装いは黄八丈に黒紋付。

二本差しにした上で、巻き羽織にするのも忘れていない。

壮平は越前屋の手代に使いを頼み、森田座の楽屋に置いてきた黒紋付と大小の二刀を持ってきてもらったのだ。

二人は船手番所を後にして、夜更けの町を通り過ぎていく。

組屋敷のある八丁堀は目の前だ。

壮平は歩きながら十蔵に問いかけた。

「……して、越前屋は本気なのか」

「そう受け取るしかねぇだろうよ」

「お奉行と直に繋がる我らを騙《だま》し、商いを有利に進めるための手蔓《てづる》を得ようと企んでおるだけやもしれぬぞ」

「それが狙いで、わざわざ俺とやり合ったってのかい」

「人を騙して利を得んとする輩は、そこまでやるのが世の常ぞ」

「そうだよなぁ。日頃はだらしのねぇ暮らしをしてやがるくせに、カモに信用させるためとなりゃ呆れるぐれぇ辛抱強くなりやがる。それでいて地道に働こうとは思いもしねぇから始末が悪いやな」

「その手の輩は召し捕りて、己が浅ましさを骨身に染みさせてやるより他にあるまい……して八森、越前屋はどうなのだ」

「どっちかっていや、騙りに引っかかるほうだと思うぜ」

「まことか」

「他の商人が同じことを言い出しやがったら聞く耳なんざ持たずに、その場でどやしつけてやるさね。騙しにかけようとしたのは手前の一存か、それとも裏に指図をしてやがる野郎が潜んでるのか、余さず白状させなきゃなるめぇよ」

「越前屋……茂兵衛は違うと申すのか」

「壮さんだって実のとこは分かってんだろ？　あいつが芝居なんざ打てる質《たち》じゃないこたぁ、面ぁ合わせたのは今日が初めてだろうと察しがついたはずだ。違うかい」

「……左様だの」

しばしの間を置き、壮平は頷いた。

「八森、あやつはおぬしと似ておるようだな」

「見た目のことを言ってんのかい？」

「たしかに外見も似ておるな」

「俺ぁあんなに不細工じゃねぇぜ」

「実のところは分かっておるのだろう?」

「へへっ、違いねぇや」

十蔵は苦笑を浮かべて頷いた。

南北の町奉行は江戸市中の司法に加えて行政も与る立場のため、配下の与力と同心は日頃から市中の商人の動向に目を配り、分限者と呼ばれる大店のあるじについては人となりまで把握するように心がけていた。

木場の旦那と呼ばれる材木問屋は取引で動かす金額が大きく、景気に与える影響も少なからざるものであるが故に目が離せぬ存在だったが、当のあるじたちはもとより奉公人も口が堅く、調べを付けるのは難しかった。

その一人である越前屋茂兵衛が十蔵に従う身となれば、木場の旦那衆の内情を調べ上げることも可能となる。

どこまで取り込むことが叶うのかは、十蔵次第であるのだが——。

「ううっ、急に冷えてきやがった」

十蔵が背中をぶるりと震わせた。

「風邪を引き込まぬ内に、暖こうして休むことだの」

「そうするぜ。じゃあな、壮さん」

「うむ」

二人は頷き合うと踵を返し、古びた木戸門をそれぞれ潜った。

手にした包みは、茂兵衛が用意をさせた土産もの。

「土産に亥の子餅を頂戴したぜ。とっとと喰っちまうとしようかい」

「遅くなってしもうたが、亥の刻には間に合《お》うたの……」

互いに声が聞こえるほど近い八森家と和田家の組屋敷は、代々に亘って隣同士だ。

故に歴代の当主は公私の別なく、付き合いが深かったという。

共に婿である十蔵と壮平も、その点は同じだった。

二

越前屋の奥では、茂兵衛が床に就こうとしていた。

向こう一年の無病息災を願い、亥の子餅を食した上のことである。

「寝しなの甘味ってのも、たまには乙《おつ》なもんだなぁ」

寝間着に着替えながらつぶやく茂兵衛の表情は、穏やかそのものである。

十蔵と引き分けたことは、結果として吉と出た。

勝負を制することは叶わなかったが、敗れもしなかった。

おかげで茂兵衛の木場の旦那衆の一人としての立場は保たれ、抱えの川並衆も失望させずに済んだのだ。

十蔵が丸太乗りの勝負が始まって早々に茂兵衛に跳びつき、諸共《もろとも》に堀に落ちる芝居を打ってくれたおかげで、丸く収まったのだ。

奉公人の一同にとっても喜ばしい限りだったが、龍は笑顔を見せずにいた。

護衛の務めとして寝所の次の間に詰めていながら、ずっと押し黙っていた。

茂兵衛が敷居の向こうから声をかけてきた。

「どうした龍、具合でも悪いのか？」

「何でもありやせん。旦那こそ、お加減はよろしいんですかい？」

「はっ、あのぐれぇで風邪を引くほど甘《あめ》え鍛え方はしちゃいねぇやな」

「それならよろしゅうございやすが……」

「ほんとに様子がおかしいな、お前のほうこそ熱でもあるんじゃねぇか」

茂兵衛が心配そうに歩み寄ってきた。

敷居を越え、次の間まで入ってくる。

「旦那っ」

龍は意を決して口を開いた。

「はっ、やっぱり言いてぇことがあったのかい」

「お見通しだったんですかい」

「当たり前だろ。お前とは赤んぼの時からの付き合いなんだぜ」

茂兵衛は納得した様子で微笑んだ。

「そ、その節はお世話になりやした」

「なーに、義を見てせざるは勇無きなりって言うだろが」

「それができなさるお人なんざ、滅多に居やしやせんよ」

謝意を込めて語る龍は、茂兵衛に縁故があって引き取られたわけではない。

食うに困って江戸に流れ着くも暮らしが成り立たず、命を落とした無宿人の夫婦が遺した乳飲み子だったのだ。

茂兵衛が営む越前屋には、龍と同様の身の上の奉公人が多い。

それは亡き茂兵衛の父親が店を切り盛りしていた、天明の大飢饉の頃に始まることであった。

老若男女の別なく最初は雑用の手伝いから始めさせ、見込みがあれば正式に奉公をさせるように段階を踏んでのことだが、後が続かなかった者も無一文で放り出すことをせず、当座の食い扶持を持たせてやるのが常だった。

もとより木場の人々は情に厚い。

越前屋だけに任せておいては義にもとると、他の材木問屋のあるじたちもやる気のある無宿人を迎え入れ、今や親子二代に亘って仕える者も居る。

「お前の両親は間に合わなくて気の毒をしちまったな……そういや命日が近いんじゃねぇのかい？」

「へい、月明けの朔日で……」

「そういや顔見世と同じ日だったな」

茂兵衛は感慨深くつぶやいた。

龍と名付けた赤ん坊を拾った日は今年、一世一代の日となる。

手遅れであった龍の両親には悪いが、その勝負に専心しなくてはならない。

茂兵衛の一番の目的は商人の風上にもおけない大久保今助に勝ち、その悪しき実態を暴くこと。江戸の華の一つである歌舞伎を、勝手な勝負に利用することとなるのは心苦しいが、茂兵衛は自分に成し得るだけの誠を尽くしていた。

森田座の金主となるために、金だけを用意したわけではない。

自ら芝居や台本を手掛けるわけではないものの、興行を打つ立場となるのに恥じぬだけの知識も蓄えてきた。それまでは一人の客として見物するばかりだった歌舞伎について、商いの合間を縫って学んだのだ。

教えを乞うた相手は、二人の名優。鼻高幸四郎と異名を取った高麗屋《こうらいや》こと五代目松本幸四郎と、大和屋こと三代目坂東三津五郎だ。

当初は住まいも近い三津五郎を師と仰ぎ、歌舞伎の成り立ちから教わったものだが世を拗《す》ねた旗本の御曹司――遠山金四郎が寄宿を始めた後は遠慮し、深川の幸四郎の許に通った。このことが縁で幸四郎と昵懇《じっこん》になり、金主となった森田座に迎えることが叶ったのだ。当時は疎《うと》ましかった金四郎だが、今となっては感謝しかなかった。

しかし、今は龍が大事である。

「とにかく、その日は休みな」

「旦那？」

「墓に参った上で一日、親父さんとお袋さんをじっくり偲んでやるんだ」

「そういうわけには参りやせん」

「すっかり頑固に育ちやがって……」

「旦那に似たんでございやす」

そんな可愛いことを言いながら、地黒の顔に微笑みを浮かべていた。

「はっ、褒めたところで休みは一日しかやらねぇぞ」

照れ隠しに毒づいた時、ふと茂兵衛は思い出した。

「龍、ちょいと訊くけどよ」

「へい」

「お前、俺にくっついて鼻高んとこに通ってた時、具合を悪くしたことがあったな」

「その節はすみやせん、前の日によく眠れなかったんで」

「嘘を言うない。三津五郎んとこでも、同じことがあったじゃねぇか」

「…………」

「有り体に言っちまいな」

「……申し上げやす」

龍は恥じた様子で目を伏せた。

「あのお囃子《はやし》ってんですか、舞台の袖から聞こえる鳴り物の音を耳にしちまうと、胸が締め付けられたみてぇになっちまって……」

「お前、赤んぼだったのに覚えてたってのかい……」

茂兵衛は忸怩《じくじ》たる面持ちで呻く。

龍が抱える心の傷の原因を知っているのは、拾った茂兵衛だけだったはず。

しかし当の本人の脳裏にも、その記憶は華やかな音曲と共に、しかと刻まれていたのであった。

三

茂兵衛の協力を得たことにより、十蔵と壮平の探索は大いにはかどった。

江戸暮らしの男たちが群れ集う遊び場に精通していたのである。

木場と隣接する深川のみならず、千代田の御城下に連なる各所——公許の吉原遊郭《よしわら》に始まって、通《つう》好みの岡場所に至るまで、茂兵衛が不案内な処はなかった。

「流石は木場でそれと知られた男だな。お前さん、こんなに顔が広かったのかい？」

「はっ、あの銚子屋門左衛門《ちようしやもんざえもん》に遊びを教えたのは、幼馴染みの俺だからな」

「馬鹿やろ。そいつぁ自慢にゃならねぇだろが」

調子に乗った茂兵衛を叱りながらも、十蔵は感心しきりだった。

一方、壮平は龍に探索の天分を見出していた。

「おぬし、何処でそこまで耳目《じもく》を鍛えたのだ？」

「旦那のお口添えで入門させていただいた、柔術の先生でさ。有事に備え、闇討ちをするもされるも等《ひと》しゅう対処し得るように鍛えよ、と……」

「夜間稽古は専ら剣術で行うことだと思うておったが、私も未熟だったな」

「和田の旦那こそ、どうやって手の内をそこまで錬られたので？」

「左様…… 行住坐臥《ぎょうじゅうざが》と同じく、日々の営みとするように心がけたが故だの」

「日々の営み、でございやすか」

「箸や房楊枝《ふさようじ》の如く、意識せずとも使えるようにすることだ」

「難しゅうございやすねぇ」

「おぬしはまだ若いのだ。急くには及ばぬ」

肩を並べて歩きながら龍に説く壮平の素振りは、いつになく親身なものであった。

四

四人が互いに時を調整し、探索を重ねる内に日は過ぎた。

「はっ、明日は二の亥かい。日数《ひかず》が経つのは早えもんだな」

「へっ、これで堂々と火鉢が使えるな」

「馬鹿やろ。大きな声を出すんじゃねぇや」

「いいんだよ……ただのじじいと思わせなきゃならねぇからな」

声を低めた十蔵の前を、一人の男が通り過ぎる。

高価な絹物の羽織袴に、凝った拵えの二本差し。

部屋住みながら大身旗本の御曹司らしく着飾った、若い男だ。

「……あの野郎、今日も重ねの厚い脇差《の》を腰にしてやがったぜ」

「……札差の馬鹿息子と二人して、またやらかそうってことだろうよ」

湧き上がる怒りを抑え、十蔵と茂兵衛は腰を上げる。傍目《はため》にはカラン糖売りの二人組が道端で小休止をしていたとしか見えなかった。

ここは上野の池之端。人目を忍ぶ仲の男女を迎える出合《であい》茶屋が幾軒も、広い水面に面して設けられていた。

その男が足を向けたのは、かねてより定宿《じょうやど》にしている一軒であった。

「遅いじゃないか」

「左様に申すな。母上の目を盗むのも楽ではないのだ」

「もう、口だけで誠を示せりゃ苦労はないでしょ」

艶っぽく告げながら男にしなだれかかったのは、こちらも若い男である。

こっそり仕掛けた細工で隣の部屋に筒抜けとは、気付いてもいなかった。

部屋の襖が開いたのは、二人がひとしきり気を遣った後だった。

「きゃっ！」

「何者だっ」

本物の女人さながらの悲鳴を上げた相方を庇い、男は闖入者《ちんにゅうしゃ》に一喝《いっかつ》した。

「ご、ごめんなさいまし」

慌てて頭を下げたのは、艶っぽい年増女。

年増と言っても、まだ三十を過ぎたくらいである。

「相すまぬ。連れが無礼を致したな」

続いて詫びを入れたのは、こちらも三十ばかりと思しき武士。古びてはいるが絹の羽織袴を纏い、刀と脇差も立派な拵え。

何より揃って見目麗しい、お似合いの組み合わせであった。

「……妬《ねた》ましいこと」

「……おぬしも左様に思うたか」

声を潜めて言葉を交わし、悪しき二人は部屋を出る。

身づくろいは足音が遠ざかるのを待ちながら、手早く済ませた後だった。


池之端は上野の山の麓である。

将軍家の霊廟《れいびょう》を擁する寛永寺の御膝元にして人目を忍ぶに相応しい、昼なお暗い地であった。

出合茶屋を後にした二人は、目を付けた男女を密かに追っていく。

目配りから足の運びまで、ことごとく手慣れていた。

「待て」

呼び止める声がしたのは、刀に手を掛けた時のこと。

後をつけられていたほうの男の声ではない。

木立の陰から姿を見せたのは、華のお江戸で年明けからお馴染みのカラン糖売り。

商売物の入った綱袋を下ろし、両手を体側に下ろした自然体となっていた。

「下がりおれ、下郎っ」

罵声を浴びせられても構うことなく迫り来る。

歩きながら脱いだ菅笠の下から、老いても端整な顔が露わになった。

「まぁ」

思わず声を上げたのは、毒使いにして色ボケである札差の馬鹿息子。

「うぬっ」

嫉妬交じりに斬りかかったのは人斬りの、更には男色の味に溺れた大番組頭の次男坊である。

刃音も高い斬り付けが、金属音と共に受け止められた。

「手の内の錬りが甘いぞ、未熟者め」

淡々と指摘する壮平の得物は、懐に忍ばせていた紫房の十手。

「うぬ、町方かっ」

「おうともよ」

反対側から野太い声がした。

二人目のカラン糖売りは猪《いのしし》を思わせるほど首が太く、体つきもずんぐりしている。

それでいて、動きは猪さながらに素早い。

毒を詰めた小瓶を投げつける暇も与えず、跳びかかる。

「おのれっ」

「その腕で守れるものか」

助けに入らんとしたのを許さず、壮平の十手が首筋を打った。

声もなく気を失った二人に茂兵衛が掛けたのは、岡っ引きが用いる早縄だ。

結び目を作って動きを封じる本縄は、抱え主の同心が打つのが決まりであった。

「ご苦労さん」

十蔵は茂兵衛の労をねぎらいながら、慣れた手付きで悪しき二人を縛り上げた。

「初めての捕物にしちゃ上出来だったぜ」

「ほんとかい？」

「まぁ、若え二の矢に出番を呉れてやらねぇのは、ちょいと年寄りの冷や水が過ぎるかもしれねぇけどな」

十蔵は苦笑と共に視線を巡らせた。

潜んだ茂みから出てきた龍は、気恥ずかしそうな面持ちである。

「う、上手《うま》う事が運んだらしいの……」

「ほ、骨を折った甲斐もあろうというものぞ……」

囮《おとり》となった二人連れ――江戸川古五郎《こごろう》と尾久範太《はんた》は手近の木立に寄りかかり、大儀そうに息を継いでいた。

「しっかりしねぇ」

呆れ顔で呼びかけながらも、新たな仲間を得た十蔵の顔は晴れやかだった。

五

北町奉行の直々の取り調べは、速やかな下城から始まった。

十蔵たちが上野の山で悪しき二人を召し捕ったのは、午《ひる》になる前のこと。寛永寺を警固する番士の目を盗んで北町奉行所に担ぎ込み、千代田の御城まで知らせたところ四半刻（約三〇分）と待たせることなく、駕籠を飛ばして駆け付けた。

町奉行は朝から登城に及び、老中が下城するまで御城中に留まる務めがある。

火急の用件があれば早退も認められたが、おおむね昼八つを過ぎるまで奉行所には戻って来られない。

にもかかわらず早々に戻り来たのは日頃から配下の隠密廻を信じて止まず、知らせがあらば早々に立ち戻りて取り調べると、固く約していたからであった。

配下の同心が連行した咎人を奉行が前にして、まず明白にしなければならないのは相手の素性である。

「大番組頭《おおばんくみがしら》、黒崎内記が次男の士郎……蔵前札差、備中屋の同じく次男の与次郎……以上に相違ないか」

正道の声は穏やかな響きである。

威圧することによって自供を強いる思惑も、猫撫で声で懐柔《かいじゅう》して心を開かせようという魂胆も有りはしない。

大抵の者は、この声に絆《ほだ》される。

しかし士郎は何も答えず、沈黙を貫いた。

「…………」

「答えよ」

重ねて問うても、やはり士郎は答えない。

冷めた目付きで一瞥すると、鬱陶しそうに視線を逸《そ》らす。

のみならず胡坐《あぐら》を掻き、頬杖までついて見せた。

士郎は白洲《しらす》に引き据えられながらも、縄までは打たれていなかった。

左の手のひらに顕著な竹刀胼胝や鬢《びん》の面ずれ、剣術の稽古を重ねることで固くなる足の裏、そして全身の筋肉を壮平が医者あがりの見識に基づいて検め、武家で生まれ育った身に相違ないと判じたからである。

「無礼な、御白洲を何と心得おるか!」

叱りつけたのは、正道の脇に控えた吟味方与力だ。

士郎は動じることなく、頬杖を突いたままでいた。

不遜な様を、じっと正道は見ている。

今度こそ声を荒らげると思いきや、

「やはり違うたか。重畳《ちょうじょう》、重畳」

安堵した様子で幾度も頷いた。

「黒崎士郎とやら、そのほうは殊勝だの」

「……どういうことだ?」

「分からぬか。そのほうの有りのままの立ち居振る舞いにより、身共を含めし将軍家御直参……旗本の名誉が汚されずに済んだが故じゃ」

「おぬし、何が言いたい」

「そのほうは黒崎士郎に非ず、不逞の浪士と判明致した」

「何だと……」

「分からぬか。上野の御山は畏れ多くも将軍家の御霊廟を擁せし地。そこで刀を抜くに及ぶなど、旗本の家に生まれし身ならば決してするまい」

「そ、それは与次郎を庇《かぼ》うてのことぞ」

「ふっ、苦しい言い訳をするでない」

正道は皮肉に笑って言った。

「それなる与次郎と手を組み、故なくして数多の無宿人を手に掛けたことはすでに露見しておる。そのほうが腰にしておった蛤《はまぐりば》刃の脇差で男の腹を裂き、与次郎が独学せし製法により調合せし烏頭の猛毒にて女の息の根を止める……そして去る長月に白根様のご子息と備前屋の娘を手に掛け、相対死の態にて晒しものに仕立ておった」

「黙りおれ、備後守っ」

思わず士郎は歯を剝いた。もはや斜に構えて煙に巻くどころではなかった。

「そのほうこそ静かにしておれ。無駄な格好も付けるには及ばぬ」

「うぬっ……」

ぎりっと士郎は歯を軋ませた。

対する正道は、あくまで冷静。

先程から一度も声を荒らげず、怒鳴り付けようともしない。

その代わり、正道は意外な行動に出た。

「左様な顔をしておるようでは頭も冷えぬぞ」

落ち着いた口調で告げつつ、帯前に差していた扇子を抜く。

「それ、受け取れ」

手にした扇子を閉じたまま、白洲に向かって投じる。

狙い澄ました一投であった。

棒手裏剣の如く飛来した扇子を、咄嗟に士郎は摑んで止めた。

「ほう、止めおったか」

「うぬ、ふざけるのも大概にせい！」

莞爾と笑った正道を、士郎は語気も鋭く睨め付けた。

それでも正道の態度は変わらない。

「ふざけておるのは、そのほうぞ。何故に、わざわざ弓手《ゆんで》を遣うのだ？」

悠然と微笑みながら指さしたのは、思わぬ指摘に絶句した士郎の手。

武士ならば利き手に非ざるはずの左手で、しっかと扇子を摑み止めていた。

「答えられぬとあらば、身共が答えてつかわそうかの」

「だ、黙りおれ」

「そのほうの生まれついての利き手は弓手、すなわち左ぞ。武家に限らず左は不吉と嫌われる故、幼き頃より馬手《めて》——右を利き手とするように直されるのが習いなれども体は正直である故な、危急の際には勝手に動くというものぞ」

「だ、黙れと申しておる！」

士郎は堪らずに声を張り上げた。

扇を投げ返そうとしたものの、左手が強張って動かない。

動揺を隠せずにいるのを見やりつつ、正道は言った。

「白根和真を空しゅうせしは度し難きことなれど、大した腕前だの」

「うぬ、まだ俺を嬲りおるのか？」

「当たり前ぞ。町奉行が咎人の手際を認め、本気で讃えるはずがあるまい」

「む……」

「仮にも旗本の子たる者が斯様な所業に手を染めただけでは飽き足らず、上野の御山にて抜刀に及ぶなど、ゆめゆめあってはならぬことぞ」

「うぬっ、俺を嵌めおったな！」

士郎は堪らずに立ち上がった。

日頃から屋敷内で常としている、舐めた態度で相手を呆れさせることが、予期せぬ結果を生んだらしい。

仁王立ちになった士郎は、正道を鋭く見返した。

「俺は紛れもなく、黒崎内記が次男の士郎だ。父上か、さもなくば兄上を呼び出さば明らかになることぞ」

「黙りおれ。見苦しい」

焦りを漲らせた声で訴えかけても、正道は聞く耳を持とうとはしなかった。

「さて、次はそのほうだの」

視線を転じた相手は与次郎だった。

「そのほうが来《こ》し方は調べが付いておる。白洲にて語るに相応しからざることなれば身共の口からは申すまい」

「ま、まことにご存じなのですか?」

「長きに亘りて、辛い目に合うたの」

語りかける正道の声は慈愛に満ちている。

それは十蔵たちが事前に調べ上げた、与次郎の半生を踏まえた策だった。

士郎についても言えることだが、この二人は何の理由も無く、非道な殺しを重ねるに至ったわけではない。

与次郎が衆道《しゅどう》に目覚めたのは生まれ持っての性ではなく、住み込みの奉公人たちに弄ばれた末のこと。

　そして母親の過保護が災いして女人に恐怖を、ひいては嫌悪を抱いて止まない身となった士郎との出会いに至ったのだ。

　世を拗ねきった士郎は必ずや白洲で示すであろう不遜な態度に付け入り、与次郎は根が弱いのを逆手に取って自供を促す――。

「全て申し上げますとも、お奉行様！」

「待て、おぬしっ」

「士郎さんもぶちまけなさいな。黒崎のお父上が白根様のご子息と承知の上で、わざと私たちをけしかけたことを！」

「与次郎……」

　士郎は力なく俯いた。

　しばしの間を置き、顔を上げる。

「北のお奉行……永田備後守殿を見込んで申し上ぐる」

「申してみよ」

　正道は二人を白洲に座り直させ、改めて話を聞いた。

　かくして明らかになったのは我が子の悪行を知りながら揉み消し続け、頃や良しと判じたところで、かねてより敵対していた相手の息子と娘を手に掛けさせたこと。

許されざる所業を重ねた士郎と与次郎をも凌ぐ、外道《げどう》を極めたと言うより他にない者たちであった。

六

蔵前の通りに西日が差していた。

「何とする所存じゃ！　備中屋!!」

辺り構わぬ怒号が、店の表まで聞こえてきた。

「うぬが倅の不始末で士郎は縄目を受けたのだ！　それも町方の不浄役人、よりにもよって同心風情に!!　この恥辱、晴らさずにおくものかっ」

声を張り上げたのは五十半ばの、ずんぐりとした体つきの武士。

身の丈こそ低いが袖口から覗いた腕は太く、足腰も鍛えられている。槍と馬術の鍛錬を日頃から欠かさずにいるのであろう、小兵なれども侮れない外見であった。

着物も羽織も木綿物ながら華やかに見えるのは、目に鮮やかな深緑の生地に小紋の染めが入っているが故である。

熨斗目《のしめ》の着物に肩衣《かたぎぬ》を重ね、対の生地で仕立てた半袴《はんばかま》を穿いた裃姿。将軍との謁見を許された御目見《おめみえ》以上の旗本だ。

「お慌てなされまするな、黒崎様」

対する相手は背が高く、均整の取れた体つき。刀取る身に非ざるのは武士が常着とする袴を穿かず、刀どころか脇差も帯びていないことから町人と察しがつく。口調ばかりか物腰も折り目正しい。

白髪の量から察するに、六十も半ばを過ぎている。

黒崎と呼んだ武士より一回りは上と見受けられる、貫禄も十分な男だった。

不敵に微笑む男の名は、備中屋藤兵衛。

蔵前の通りに軒を連ねる札差衆の中でも、古株の一人である。

かつて十八大通《じゅうはちだいつう》と呼ばれた、札差と吉原の楼主を中心とする通人たちに列することは叶わなかったが、若い頃には遊び人として鳴らした男だ。

髪こそ白くなったものの、藤兵衛の洒脱《しゃだつ》な雰囲気は未だ健在。

持ち前の強欲は齢を重ねても涸れることなく、日毎に増すばかりであった。

「しかとお聞きくださいませ」

怒り心頭の武士に対し、藤兵衛は不敵に語りかける。

「憚りながら御用になりましたのは、当家の与次郎も同じにございまする。不肖の子なればこそ愛《う》いのは世の理なれば何としてでも助け出し、こたびは痛み分けと参りませぬか」

「うぬが倅と士郎は同じと申すか」

「左様で」

「舐めるでないぞ、うぬ！」

「滅相もない」

「おのれ、おのれ！」

「落ち着きなされよ」

怒る余りに平静を欠いた相手にも動じることなく、言葉少なに宥めにかかる。

その甲斐あって、武士は乱れた息を鎮め始めた。

鼻から息を吸い、臍下《せいか》の丹田《たんでん》に落とし込む。

武芸の修練で身に付けた習慣が、怒りに呑まれての仲間割れを防いだのだ。

「黒崎様、まずは河岸《かし》を変えましょう」

「……心得た」

武士は異を唱えることなく首肯した。

その名は黒崎内記という。

装いに違わぬ旗本で、幕府軍の一翼を担う身だ。

御役目は大番組頭。

大番と呼ばれる将軍直属の軍団は十二の組から成り、頭数は千を超える。

旗本だけで六百名余りが属しており、泰平の世に在りながら武勇を尊ぶ気風が強い一方、俸禄の少なさ故に内証の苦しい者が多かった。

役高五千石の大番頭に対し、大番組頭は六百石。組頭の配下に属する番士に至ってはわずか二百俵の蔵米取りで、御目見以上の旗本に着用が義務付けられた裃と熨斗目が古びても新調するのが困難なほど、日々の暮らしに行き詰まっていた。札差という守銭奴に付け込まれ、旦那という尊称は名ばかりの食い物にされてしまっていた。

配下の番士たちを苦しめている元凶は、目の前に居る藤兵衛。

しかし、内記に藤兵衛を懲らしめることはできない。

折に触れて始める昔語り——過去に犯した人斬りを公にすると、脅しをかけてくるからだ。

この脅しに屈した内記は、不肖の息子を犠牲にした。

次男の士郎が知らぬ間に人斬りを覚え、未だ江戸に多い無宿人を狙った辻斬りに手

を染めていることを突き止めながら素知らぬ振りをし、藤兵衛から所望されるがまま
に罪なき若い男女を死に至らしめたのだ。
旗本として罪深きことである。
父親として情けない限りである。
それでも内記は手を引けない。
毒を喰らわば皿までも――か。
いっそ河豚《ふぐ》でも喰らうべきであろうか――。
「ささ、駕籠が参りましたよ」
藤兵衛が呼んだらしい辻駕籠が、店の前で待っていた。
「雑作を掛ける」
内記は平静を装って駕籠に乗り込んだ。
通りの向こうで一人の男が目を見開いていることには、気が付かずじまいであった。

七

藤兵衛が馴染みの料理茶屋は、口明けしたばかりであった。

常々用いている離れだけに、盗み聞かれる恐れはない。

「さぁ黒崎様、まずは一献」

「よう落ち着いていられるな、備中屋」

「黒崎様こそ、あれほど高いお声がよく出られまするな。お若い時分に謡《うたい》をおやりになられましたので？」

「ふざけるでない。歌舞音曲になど戯れにも手を出してはおらぬわ」

「おや、芸の一つも心得ておられぬと……」

「侮るなと申したはずぞ。余興の所望あらば軍記物を諳《そら》んじておる」

「ということは、水滸伝もご存じですかな？」

「未読じゃ。賊軍の話と思わば食指が動かぬ」

「それは勿体のうございまするな。何でも曲亭馬琴《きょくていばきん》が想を練りおる新作は、異類婚《いるいこん》姻譚《いんたん》に唐土の豪傑たちを絡ませたものらしいと聞き及んでおりまする」

「ふむ、如何にも素町人どもが好みそうな話だの」

「なればこそ、利を生むのでございまするよ」

「されど曲亭を口説いても無駄なことぞ。刀を捨てて久しき身のくせに、未だ士分であろうとあがいておる故な」

「お堅いことでございまするな。曲亭も、黒崎様も」

「聞き捨てならぬな。身共のどこが堅いと申すのだ」

「お忘れにございまするか。貴方様は通りすがりに中村座の囃方がやかましいと刀をお抜きになられ、何の関わりもない無宿人の夫婦をお斬りなされたのですよ」

「黙りおれ」

男の昔語りを耳にするや、武士の態度が怯えを孕んだ。

「おぬし、その話をよもや余人に明かしてはおるまいな」

「ふふ、左様に勿体なきことは致しませぬよ」

藤兵衛は楽しそうに微笑んだ。

邪気なき笑みを浮かべたまま、内記に語りかけてくる。

「ところで黒崎様」

「何だ?」

「ご子息様のことにございます」

「士郎か」

「ここは思案のしどころでございまするよ」

「おぬし、何が言いたい」

「士郎様が手前の倅と惚れ合うておりますのは、ご存じでございまするね」

「……遺憾なれども、左様だの」

「あの二人の仲を全うさせてやりませぬか」

「……おぬし」

「ふふ、お察しがつかれたようにございまするね」

「そこに直れ」

内記は刀に手を掛けた。

「おっと、それはいけませんよ」

いつの間に取り出したのか、藤兵衛は短筒《たんづつ》を手にしていた。

見慣れぬ形をしている。

そもそも銃に付き物の火縄が見当たらなかった。

「もしや、気砲《きほう》か」

「ご名答。風銃《ふうじゆう》とも申しまするね」

ぎりっと内記は奥歯を嚙み締めた。

気砲、あるいは風銃と呼ばれる異国渡りの空気銃は近年に国産化が始まったばかりだったが、抜け荷として求めたほうが安くつく。すでに西洋の諸国で兵器としての価値を失い、狩猟にしか用いられなくなっていたからだ。

藤兵衛が護身用に隠し持っていた気砲は小ぶり。

特別誂えの一点ものなのであろう。

この近間ならば一刀の下に斬れるが、藤兵衛も狙いを外しはするまい。

「……おぬしはまことに抜かりなき男だの」

「左様でなくば、腕の立つお武家とお付き合いはできませぬ」

「……身共の負けだ」

内記は座り直すと、刀を右の脇に横たえた。

手に取り難い位置に置くことにより、敵意が無いことを示したのだ。

「ご賢明にございまするな」

藤兵衛は満足そうに微笑むと、続けて内記に因果を含めた。

「私は何も黒崎様のみ、お辛い目に遭わせるわけではございませぬよ」

「されば、おぬしの倅も?」

「手を回すことをせず、死罪に処してもらいまする」

「構わぬのか、それで」

「不憫にはございますが、不肖の倅の一命よりも得難きものが大事ですので」

「……外道だの、おぬしは」

「そのお言葉、そっくりお返し致しまする」

可笑しげにつぶやく藤兵衛の笑顔に、悪意めいたものは微塵もない。

強欲であることを何ら恥じていないのだ。

それは内記も体験した、熱気に満ちた時代が育んだ価値観であった。

その当時の御政道を牽引した老中は田沼主殿頭意次だ。意次自身がよく呑み、よく食べ、よく遊んだが故に華のお江戸の豪商たちも信用し、酒色遊興《しゅしょくゆうきょう》に惜しみなく大金を散じたものだ。

いつの世にも、貨幣とは流通してこそ値打ちがある。

しかし、時として貨幣は消失する。

含有する金銀に価値を求めて秘蔵、あるいは海外に持ち出されるからだ。

金銀を多く含む日の本の小判が狙われたのは、欧米列強との国交と交易を余儀なくされた際、両替率の差に付け込まれたのが最初だったわけではない。

世に云う田沼時代に出回った小判は何処に消えたのか。

総額は、何百万両にも及ぶという。

諸国の天領で一年に収穫される米を全て換金すれば、およそ六百万両。

それほどの小判の行先を知ると目される札差が、備前屋信十郎だ。

手を貸したのは、大番頭の白根左京。

この二人は在りし日の田沼意次、そして松前《まつまえ》藩と繋がりがあった。

幕府の直轄地として箱館奉行所が支配することとなった蝦夷地だが、あの広大な地を活かす術を、頭の固い幕閣のお歴々は未だ知らない。

経世家《けいせいか》と呼ばれた海外の事情に明るい者たちを危険と見なし、御政道に関与させぬように排除し続けてきたからだ。

「黒崎様」

ずいと藤兵衛が酒器を向けてくる。

応じて内記は取る。

今し方まで得物を握っていた手で酌を受け、一息に乾す。

藤兵衛も黙って返杯を受け、改めて口を開いた。

「次は白根様を亡き者に致しましょう」

「……士郎はもはや使えぬぞ」

「貴方様のお腕前を以てすれば、お独りで事足りましょう」

「邪魔が入らずに向き合うたらば、易きことだ」

「されば、場を調えましょう」

「左様なことができるのか？」

「内心穏やかならざる時ほど、人は騙しやすいものでございまする」

「……成る程の」

内記は合点がいった様子でつぶやいた。

内記の上役である白根左京は、知勇兼備《ちゆうけんび》の傑物《けつぶつ》だ。

弁舌爽やかにして、人柄も申し分ない。

少年の頃から性根が曲がったままの内記とは大違いであった。

故に憎み、亡き者にしたかった。

そこに藤兵衛は付け込んだのだ。

無宿人殺しが癖になっていた士郎の罪を脅しのネタにした上で、藤兵衛も我が子の与次郎を差し出した。

そして今、悪しき父親たちは我が子を見捨てようとしている。

重ね重ね許し難いことであった。

八

月が明けぬ内に、菊細工殺しに関与した咎人たちに裁きが下った。

「壮さん、無理はしねぇでいいんだぜ」

「これも情けというものぞ。山田様のご一門ならばともかく、番方の見習い同心ではまともな刃筋《はすじ》は望めぬ故な」

気を揉む十蔵にそう告げると、壮平は北町奉行所を後にした。正道から金一両――二人分の首を打った後に刀を研ぎに出す代金を受け取り、小伝馬町の牢屋敷に赴いたのである。

「おぬしの手に掛かるのならば本望ぞ」

黒崎士郎は本名不詳の浪人として、臆することなく壮平の一刀を受けた。

「なんまんだぶ、なんまんだぶ……」

続く与次郎は一心に念仏を唱えながら、安らかな面持ちで果てた。

志田耕吾と新七も、時を同じくして江戸から去った。

「お前ら、こいつぁ北のお奉行の温情だってことを忘れるんじゃねぇぞ」

船着き場まで送りに出向いた十蔵は、声を潜めて二人に告げたものだった。

「備中屋と黒崎内記がお前らの口封じをしなかったのは、余計な殺しをやらかして足が付くのを恐れたからだ。御牢内に刺客が入り込むことがなかったのに、鳥も通わぬ八丈《はちじょう》まで差し向けることはあるめぇよ」

「旦那ぁ、そいつぁあり難いと思いやすがね……」

「我らは江戸の水に馴染んだ身、島暮らしに耐えられるとは思えぬ……」

「へっ、思ったとおりの弱音が出たな」

嘆く二人の手のひらに、十蔵は持参の包みを握らせた。

「菊の種だよ」

「まことか？」

「芸は身を助くって言うだろが。花は島の衆相手の売り物になるだろうし、お江戸の菊と来りゃ値を弾んでもくれるさね。きっちり咲かせるように頑張りな」

「かっちけねぇ、旦那……」

「おいおい、大の男が涙なんぞ見せるんじゃねぇぜ」

「かたじけない。この恩は必ず返すぞ」

「だったら御赦免《ごしやめん》になった時、土産に黄八丈を頼もうかね」

「心得た、八森殿」

「あっしもでさ、旦那」

「達者でな」

霊岸島《れいがんじま》から江戸湾の沖に停泊した流人船へ向かう通船が見えなくなるまで、十蔵は冷たさを増した風の吹きすさぶ岸辺に立っていた。

九

十蔵が同心部屋に戻ってみると、すでに壮平は帰宅した後だった。

隠密廻には、御用を押し付けてくる与力が居ない。

同じ廻方でも定廻と隠密廻の同心たちは一番組から五番組に属しており、それぞれの組の支配与力から御役目外でも干渉されるが、十蔵と壮平を押さえ込める与力など居ない。せいぜいがところ、嫌みを言ってくるぐらいだ。

「おや八森、おぬしも帰るのか？　羨ましきことだのう」

同心部屋を覗き込むなり告げてきたのも、そんな小物の一人であった。

「ちょいと医者に参りやすんでさ。寄る年波ってやつでしてねぇ」

「老け込む年でもあるまいに。若い妻女を貰うたのであろう」

「そろそろ産み月ですんでね、そっちのほうはご無沙汰で」

何を言われても意に介さず、十蔵は与力に一礼して廊下を渡る。

これから立ち向かわねばならない相手は、茂兵衛、そして龍にとって因縁の敵。

乳飲み子だった龍の目の前で両親を斬殺した、許せぬ男が相手だった。


茂兵衛は富岡八幡宮の鳥居の前で待っていた。

「十蔵、来てくれたのかい」

「当たり前だろ」

安堵した様子で微笑む茂兵衛の傍らでは、龍が無言でたたずんでいる。

「鎧通しか」

「ああ。いいのが見付かってな」

「どれ」

十蔵は境内の脇に寄り、龍が無言で差し出すのを手に取った。

「こいつぁ上出来だ。そこらのさむれぇに後れは取るめぇ」

「相手が大番組頭でも、かい？」

「何を弱気になってやがる。仇を見つけたのはお前だろが」

いつになく弱気な茂兵衛を叱咤して、十蔵は先に立つ。

こたびの話は正道と鎮衛、南北二人の町奉行の力添えがなくして実現し得なかったことである。

何しろ相手は現役の旗本だ。

役高がたかだか六百石とはいえ御目見以上。

しかも、幕府の武官である。

本来ならば、三十俵二人扶持の十蔵は足元にも近寄れまい。

されど、仇討ちの立会人となれば話は別だ――。

対決の場に選ばれたのは、波除稲荷《なみよけいなり》の境内だった。

木場が目と鼻の先とはいえ、余計な加勢は許されない。

まして野次馬は論外だ。

「黒崎内記様でございやしたね」

「何だ、おぬしは」

「こっちの立会を仰せつかりやした、ご覧のとおりの町方で」

「左様か……おぬし、できるの」

最初は憮然としていた内記が、十蔵と目を合わせた。

「おぬしを見込んで頼みがある」

「な、何でございやすかい」

「身共は今日を命日とする所存で参った。もしも生き延びた暁には、おぬしが引導を渡してはくれまいか」

「そんな……」

「されば頼むぞ」

押し黙った十蔵に目礼すると、内記は龍の前へと進み出た。

「黒崎内記だ。御役御免を願い出て参った故、無位無官の身ぞ」

「龍と申しやす。こっちも肩書なんぞはございやせん」

「生まれたままに戻りて参ったか」

「殿様……あんたも同じようで」

「それでよい。身共……俺に怒りを燃やすのだ」

「言われなくても、そのつもりだ」

「その心意気や、よし！」

「行くぜ」

だっと龍が足元を蹴る。

応じて内記も体を捌いた。

二人の得物がぶつかり合う。

鎧通しを難なく受け止め、内記は龍の足を踏む。

転がって避けたところに突きかかり、立ち上がることを許さない。

戦場の剣術だ。

大番は形だけの軍団ではないことを、十蔵は実感させられていた。


波除稲荷は無人である。

かつて津波で全滅した一帯を鎮護《ちんご》する社ではあるが、宮司も巫女《みこ》も常駐することはなかった。

故に仇討ちの場にも成り得たのだが、それは介入を企む者にとっても同じこと。

備中屋藤兵衛は二挺の気砲を携え、本殿の裏に身を潜めていた。

あらかじめ内記には因果を含めてある。

相手から挑んできたのは好都合。
この機に憂いを断ち切って、ついでに御役も退くべきだ。
さすれば悩みの種だった奥方も、実家に帰らざるを得なくなる。
身軽になった上で松前家に身を寄せ、改めて巨額の小判の在処を探るべし――。
「………」
藤兵衛が持参した気砲は長短の二挺だ。
いずれも一発しか撃てないが、物陰から狙い撃つには十分だ。
内記が独りで返り討ちにしてのければ、引き金を引くには及ばない。

二人の対決は佳境に入っていた。
共に浅手を負い、体力を削られていた。
致命傷でなくとも、動きが鈍れば命取りだ。
「龍っ……」
見守る茂兵衛は気が気ではない。
と、視界の隅に妙な光が見えた。
本殿のほうである。

十蔵も気付いたらしい。

二人は目配せを交わし、まず十蔵は進み出た。

その足元の土が弾けた。

鉛玉だ。

「伏せろっ」

十蔵の野太い声が、刃を交える二人に届いた。

龍の眼前で二発目が爆ぜる。

三発目は内記に命中した。

「あんたっ」

「大事ない……」

内記はよろめきながら立ち上がった。

その胸板に四発目。

これは独りの仕業ではない。

複数の撃ち手、しかも音のしない気泡を備える一団だ。

「うおーっ!」

十蔵は怒号と共に地を蹴った。

夜目を利かせて跳びかかり、迷うことなく腕を折る。

鉛玉が飛んでこない。

一挺ずつしか所持していなかったらしい。

となれば、有利なのは十蔵だ。

覆面をした四人の刺客が、瞬く間に地に這った。

しかし、面体を検めるには至らない。

「北の木っ端役人め、しゃしゃり出るのも大概にしておけい」

周囲を圧する威厳を込めた声がした。

かつて相対したことのないほどの圧力だ。

「だ、誰だ」

「うぬに名乗る義理はないが、命だけは助けてやろう」

「だったら、どうして黒崎を殺ったんでぇ」

「我らの宝を狙う輩に合力せんとしたからだ」

「どこの輩だい」

「松前家、と申さば存じておろう」

「それじゃ、てめぇは……」

「年寄りの冷や水は止めておけ。さらばだ」

そう告げられるなり、耐え難い圧も去る。

打ち倒した四人の姿も消えていた。

龍が茫然と膝を突いている。

「しっかりしねぇ」

歩み寄ったのは茂兵衛である。

「お前を庇ってくれたみてぇだな」

「仇……なのに」

「人は変わるってこった」

わななく龍の肩を叩き、茂兵衛は言った。

「成仏を祈ってやろうじゃねぇか」

茂兵衛に倣い、龍は無言で手を合わせる。

十蔵は本殿の裏に立っていた。

残されていたのは長短二挺の気砲。

そして首の骨を折られて果てた、白髪頭の男が独り。

「備中屋……」

十蔵は信じ難い面持ちでつぶやく。
顔見世を目前に控えた華のお江戸に、新たな危機が迫ろうとしていた。

時代小説
二見時代小説文庫

北町《きたまち》の爺様《じいさま》4　老《お》いても現役《げんえき》

二〇二三年十二月二十五日　初版発行

著者　牧《まき》 秀彦《ひでひこ》

発行所　株式会社 二見書房
〒一〇一-八四〇五
東京都千代田区神田三崎町二-一八-一一
電話　〇三-三五一五-二三一一［営業］
〇三-三五一五-二三一三［編集］
振替　〇〇一七〇-四-二六三九

印刷　株式会社 堀内印刷所
製本　株式会社 村上製本所

ISBN978-4-576-23140-2
https://www.futami.co.jp/

牧 秀彦

南町 番外同心 シリーズ

以下続刊

①南町 番外同心1 名無しの手練《てだれ》
②南町 番外同心2 八丁堀の若様
③南町 番外同心3 清水家 影指南
④南町 番外同心4 幻の御世継ぎ

名奉行根岸《ねぎし》肥前守《ひぜんのかみ》の下、名無しの凄腕拳法番外同心誕生の発端は、御《ご》三卿《さんきょう》清水《しみず》徳川家の開かずの間《ま》から始まった。そこから聞こえる物《もの》の怪《け》の経文を耳にした菊千代《きくちよ》（将軍家斉《いえなり》の七男）は、物の怪退治の侍多数を拳のみで倒す〝手練〟の技に魅了され教えを乞うた。願いを知った松平定信《まつだいらさだのぶ》は、『耳嚢《みみぶくろ》』なる著作で物の怪にも詳しい名奉行の根岸にその手練との仲介を頼むと約した。「北町の爺様」と同じ時代を舞台に対を成すシリーズ！

牧 秀彦

評定所留役 秘録

シリーズ

完結

①評定所留役 秘録 父鷹子鷹
②掌中の珠
③天領の夏蚕《かさん》
④火の車
⑤鷹は死なず

評定所は三奉行（町・勘定・寺社）がそれぞれ独自に裁断しえない案件を老中、大目付、目付と合議する幕府の最高裁判所。留役がその実務処理をした。結城新之助は鷹と謳われた父の後を継ぎ、留役となった。父、弟小次郎との父子鷹の探索が始まる！

二見時代小説文庫

藤 水名子

剣客奉行 柳生久通

シリーズ

①獅子の目覚め
②紅の刺客
③消えた御世嗣
④虎狼の企み

将軍世嗣の剣術指南役であった柳生久通《ひさみち》は老中松平定信から突然、北町奉行を命じられる。一刀流免許皆伝とはいえ、市中の屋台めぐりが趣味の男にはあまりに無謀な抜擢に思え戸惑うが、能ある鷹は爪を隠す、昼行灯と揶揄《やゆ》されながらも、火付け一味を一刀両断！ 大岡越前守の再来!? 微行《おしのび》で市中を行くのは、一刀流免許皆伝の町奉行！